# あなたの推しVです。今後ろにいます♡

ナナシまる



角川スニーカー文庫

24606

# ♥CONTENTS♥



illustration さまてる / design work AFTERGLOW

## ♥プロローグ♥

# 主人公は大体どこにでもいる普通の高校生だし、才色兼備のヒロインはどの作品にもいる。

春の風を浴びながら気持ちのいい朝を迎えて、今日もいつもの学校生活が始まる。

俺の名前は並木《なみき》平太《へいた》、どこにでもいる普通の高校生だ。そして、たった今前からこちらへ歩いて来ている美少女が、幼い頃から隣の家に住んでいる女の子。

「おーい！」

まったく、無邪気な奴だ。そんなにはしゃぐと転ぶぞ。

その子はそのままの勢いで、俺の隣を通り過ぎていく。俺の後ろにいる、イケメンに用があったらしい。……そもそも、俺はこの子と話したことがない。

そんなありきたりな幼馴染《おさななじみ》ヒロインなど、現実にはいないのだ。

幼馴染ヒロインが朝から抱き着いてくる妄想から現実に戻ってきた俺は、駅に向かうための道を曲がる。その瞬間、食パンを咥《くわ》えた美少女と正面からぶつかっ……たりはしない。

実際に角を曲がってきたのは、見知らぬおじさん。

「あ、すみません」

「あ、いえ」

美少女とぶつかり、言い合いになり、まさかの転校生で「ア、アンタは今朝の！」みたいな展開はないのだ。そもそも食パンを咥えながら走るな、行儀が悪い。

そう、前述したとおり、俺は本当にどこにでもいる普通の高校生なのだ。どうしようもなく平凡で、誰の目にも留まらない、アニメとかだと目が暗く影になっていて顔の全体を描く必要のない、人件費削減に一役買ってるモブ。

少しだけ、そんな幼い頃から何をやっても平凡だった俺の話をしよう。

ＯＬの母とサラリーマンの父の間に生まれ、貧乏でも裕福でもない家庭で育った。二つ歳下の妹とは別に仲が良くも悪くもないし、お年玉は毎年二万円くらい。

小学生の頃は、友人と休日にトレカやテレビゲームで遊んでいたし、中学生の頃はなんとなくみんなが入るからとテニス部に入り、そこで部活の面倒くささを体感して高校生になった今は帰宅部に落ち着いた。

彼女なんてもちろんできたことはないし、隣に住んでいるのは美少女幼馴染じゃなく普通に顔見知り程度の人たちだし、けん玉とかあやとりとかが上手、みたいな変に尖《とが》ったステータスもない。

俺が誰かと違うところがあるとするなら、テストの点はいつもクラスの平均点だから、先生が平均点を発表する前にクラスメイトが俺の点数を確認してくるくらいだ。あの一瞬だけ、俺は人気者になれている気がする。でも、それでいい。

別に人気者になりたいわけじゃない。俺はただ、推しを推せるだけで幸せだから。

今日も今日とて、通学中の電車でイヤホンを着け、推しの切り抜き動画を観てはニヤニヤしている。

ここまでが俺の話。そしてここからが、俺の愛してやまない推しの話だ。

「皆さんはちゃんと健康的な食事を摂っていますか？　あまりカップ麺《めん》ばかり食べていると、頻にナルトのぐるぐるが出ちゃいますよ！」

雑談配信の切り抜き動画で、可愛い話し方集としてまとめられているその動画は、たったの十五分。

この切り抜きを作った人はどうかしている。俺の推しは一瞬一瞬どこを切り抜いても可愛いんだから配信の約二時間全部切り抜かないと駄目じゃないか。

Vtuber、朧月《おぼろづき》ひらり。桜をキャラクターテーマにした衣装と名前で、快晴の中で見る桜というよりはライトアップされた幻想的な夜桜を思わせる雰囲気の美少女。

薄くピンクがかった白髪の麗しい容姿、聞くだけで耳に栄養が行き渡る声音、発言の一つ一つが上品で育ちの良さを感じさせる。

どこを切り取っても完璧《かんぺき》な彼女の配信を観ていると心が洗われる。

いつもの調子で推しに夢中になっていると、電車の扉が閉まる前のブザーが鳴る。イヤホン越しでも聞こえるブザーに一瞬びっくりして、同時に降りなければいけない駅であると気付いた。

「やばっ」

プシューという音と同時に電車を降り、「推しに夢中だったため」という担任教師に怒られそうな遅刻の理由にならずに済んだことに安堵《あんど》する。

神戸市営地下鉄、学園都市駅から徒歩十五分ほどの大きな池の前にある高校。大きな池の前にあるからなのか、大池前高校。

ネーミングが安直すぎるそんな高校に通う、何をやっても平凡な高校生である俺、並木平太。俺の名前も安直すぎる。

さあ、今日も推しに元気をもらって平凡スクールライフを始めよう。

偏差値は兵庫県にある全ての高校のちょうど中間辺り。こんな平凡な高校にも、全国に誇れるものがあるとするなら……、そう、あの人だ。

長くて艶《つや》のある綺麗《きれい》な髪。俺と身長差が十センチくらいあるのにもかかわらず俺と同じくらいの位置にある腰。毛穴が存在しないのではと思えるスベスベの白い肌。体操着になった際に露わになる細くて怪我の痕《あと》が一切見当たらない美脚。見る者を虜にする上品な振る舞い。何よりも全パーツが人類の理想のようなパーフェクトフェイス。

加賀美《かがみ》さくら。俺と同じ二年A組の完璧美少女。

全てのパラメーターが平均かそれ以下の俺と違って、全方位に限界突破している彼女は、この学校で男女問わず大人気のアイドル的存在。

よく他校の生徒が校門前で彼女を一目見ようと待ち伏せをしていることがある。アイドルとかマドンナとか、そういう比喩《ひゆ》が比喩にならない扱いを受けている彼女こそが、この平凡な高校が唯一全国に張り合える要素だ。

教室に入っても彼女の人気は流石のもので、なんの障害物もなくすんなりと自分の席に座ることができる俺と違って彼女は常に誰かに囲まれていて不便そうだ。

別に羨《うらや》ましくなどない。あんなことになれば推しの配信を落ち着いて観ることができないわけだし。……言い訳じゃない。

加賀美は何をやっても完璧なので、加賀美のファンの間では変な噂が流れている。

彼ら曰《いわ》く、加賀美さくらは眠らないらしい。クラスメイトの誘いに可能な限り応じていて、人気者であるが故に勉強している時間などないように見える。みんなと同じように眠っているにしては、みんなよりもテストの点が高すぎる。だったらそれってみんなが寝てる時間に勉強してるんじゃね、となり生まれた噂らしい。

彼ら曰く、加賀美さくらは何も食べないらしい。可愛いんだから、うんこなんてしないに決まってる。ってことは何も食べないよね、そうだよね。うんうん。これこそオタクの妄信である。うんこはするだろ。想像できないのは事実だが……。

彼ら曰く、加賀美さくらは女神が人間界に遊びにきている姿らしい。テストは常に満点で、運動部からスカウトされる毎日に、全校生徒が男女問わず魅了される美貌《びぼう》。そんな妬《ねた》まれそうな属性だらけの彼女なのに、誰一人として彼女の悪口を言っている奴がいない。

そう、まるでみんなが崇める女神そのものなのだ。

と、そんな完璧美少女の加賀美さくらだが、彼女には俺しか知らないヤバさがある。

「並木くんっ、ちょっとお話いいですか？」

加賀美に連れられて、誰もいない空き教室に来た。加賀美は扉を閉じてこちらを向いたと思えば、頬を赤く染めて言う。

「昨晩はあまり眠れませんでしたよね？　目の下にクマができていますよ？　それに顔色があまり良くないみたいですけど、最近夜中にジャンクフードを食べたり、休日はカップ麺で昼食を済ませたりしていますよね？　いけませんよ、お体に障ります。そもそもお母様が美味《おい》しそうな夕飯を作ってくれているのに、夜中にコンビニに行くから余計な物まで買ってしまうんです。なんなら私が毎日お夜食を作って差し上げても構わないんですが……♡」

俺に発言の隙など一切与えないマシンガンラブトーク。教室での美少女っぷりが嘘のように、どんどん加賀美さくらのヤバさが露呈していく。

「そうだっ、見てください。リップ変えてみたんです♡　並木くんが好きそうな色、頑張って探したんです♡　これを付けていれば、並木くんに唇を奪われてしまうかもしれませんね♡　あっ、でもでも、私はいつだって、並木くんになら奪われてもいいと思っていますよ？　他の誰でもなく、並木くんになら♡」

マシンガンをぶっ放しながら徐々に接近してくる加賀美を避けようと後退していたのに、気付いた時には背中は入り口から一番遠い窓際にまで追いやられていて。

「ちょちょちょ、ちょっと待て!!」

「どうかしましたか？　あ、そうですよねっ。心の準備ですよねっ！」

違ぇよ。

「俺には、朧月ひらりっていう心に決めた女性がいるんだ。だからもう、やめてくれ」

いくら心に決めた人がいると言っても、学校一の美少女にこんなに迫られれば理性が保てるかわからない。

いくらこいつが、こいつのヤバさがわかっていても、それを凌駕《りょうが》する魅力の暴力でぶん殴られれば気持ちが揺らいでしまう。

「……？」

何をやめてほしいのか、さっぱりわかっていない様子の加賀美。そうか、白を切るつもりなのか。というよりは、自分のやっていることのヤバさに気付いていない、といった様子か。

いいだろう、だったらお前のヤバさ、俺が説明してやるから改めて認識しろ。

「毎日俺の食事内容を把握しようとするのも、教えてもいないのに俺より俺のことに詳しいのも、気付いたら背後で微笑んでいるのも、体操着こっそり嗅《か》ぐのも、全部全部っ、やめてくれ!!」

そう、この女、加賀美さくらは、なぜか俺を溺愛《できあい》する激ヤバストーカーなのだ。

「うぅ……、でも私はただ、並木くんのことが大好きなだけなんです……」

やめろ。そうやって泣きそうな面で俺を見るな。それは、ストーキングよりも俺がしてほしくないことだ。…………惚《ほ》れてまう!!

こんな美少女に迫られて、理性を保ち続けることがどれだけ難しいか。でも俺は負けない。絶対にひらりんから激ヤバストーカーに浮気《うわき》したりなんてしない。
決意を固めて、スマホのホーム画を拝んで一句。
負けないぞ、今日も今日とて、推しが好き。

## ❤一話❤

# 背後の気配は大体気のせいだし、百均に行ったときに何か買わなきゃいけないものがあった気がすると思うのも気のせい。

始まりはつい最近の話。二年生になって一ヵ月ほどが経ち、暖かくなってきたいつもの下校道だった。なんの変化もない平和な日常で、二十時から始まるひらりんの雑談配信を観るために帰ったら速攻で風呂《ふろ》とご飯を済ませてしまおうと企んでいると、偶然通りかかった同じクラスの加賀美《かがみ》から声をかけられた。

「あっ！　並木《なみき》くん！」

「あれ、加賀美。家こっちなんだ」

加賀美は一人だった。いつもなら後ろに二人はいるのに。

同じクラスとはいえ、俺みたいな並キャが陽キャの頂点である加賀美と話したことなどほとんどない。というかなかったかもしれない。……というかゼロだ。

「今日はこっちの方に用があったんです。並木くんはこの辺りに住んでるんですか？」

高校生らしからぬ上品さは誰にでも共通して敬語で話すところから感じられるのだろう

か。微笑みながら首を傾げているだけで絵になる。

「うん。でもこの駅、周辺に何もないと思うけどどこ行ってたんだ？」

別に興味もないが、クラスメイトと学校の最寄り駅以外で会って無視するのはなにか変だし、適当に会話をしてさっさと帰ろうと考えていた。

「……おばあちゃん、そう、おばあちゃんがこの辺りに住んでいるような気がして」

気がして？

なにそれ、おばあちゃんの家ってそんな宝物みたいな感覚で探すものだったっけ。

「そ、そうなんだ。じゃあ俺はこれで……」

なんか変な空気になったし、気まずいからさっさと帰ろう。多分、彼氏の家とかだろう。

適当に誤魔化そうとしてあんな意味のわからない嘘になってしまったとしか思えない。

加賀美のことだし、きっと大学生のイケメン彼氏がいるんだ。洋楽とか聴いてて、身長百八十センチくらいあって、オシャレなカフェでバイトしてるような彼氏。

クラスメイトといっても並キャの俺なんかに話すことでもないから誤魔化した。気を遣って会話をしてもらうほど、俺は加賀美を崇拝していない。惨めな思いをするのは目に見えてるのでさっさと帰らせてもらうとするか。

「ちょっと待ってくださいっ」

「……？」

帰路につま先を向けた俺を呼び止めた加賀美は、どこか照れたような表情で。

「並木くん、良かったらお茶でもしませんか？」

「そうだな、お茶は美味しいよな……ぬ？」

ちょっと待て。今なんて言った？

お茶しようって、なんだったっけ。カフェとか喫茶店とかそういうところに行こうってお誘いだよな。誰が、誰と、いつ、なにしに？

てか、「ぬ？」ってなんだよ。びっくりしすぎて意味わからない返事しちゃったよ。

「どう、でしょうか？」

あ、これ本気のやつなんだ。でもなんで俺なんかと、あの加賀美さくらがお茶を？

もしかしてこれどっかで他の誰かが見てて、舞い上がってお茶の誘いを受けた俺を嘲笑《あざわら》う流れか。

今十七時だから、帰って風呂とご飯を済ませる頃には十九時過ぎくらいになるだろう。

仮にこれが本当のお誘いだとしても、二十時から始まるひらりんの配信に遅刻するわけにはいかない。丁重にお断りした方が安全だ。どうせ、からかってるだけだろうし……。

「ごめん、今日は早く帰らなきゃいけないから」

「そうですか……。わかりました、気をつけて帰ってくださいね」

うーん、良い子。でもわかってる。陰で誰か見てるんだろう。俺はこんな初歩的な罠《わな》にはかからないぞ。

だって俺には、永遠の愛を誓った相手、朧月《おぼろづき》ひらりがいるのだから。

「じゃあまた明日《あした》」

「はいっ」

ざまぁみろ、陰で見ている陽キャども。罠にかかった俺を囲んでバカにするつもりだったのだろう。そんな安っぽい手にかかるわけがない。

……本当に罠だよな？

もしも、陰で見ている奴なんていなくて、本気で加賀美が俺をお茶に誘っているのだとしたら……。

俺は決して加賀美を崇拝しているわけではない。だが、この美少女だ。分不相応にうっかり好きになってしまいそうになる。そんな美少女に誘われたというのが事実だとしたら。

後悔して振り返ろうとする体を理性が制御する。そんなわけないんだ。だって、俺だぞ。並で平凡な並木平太《へいた》だぞ。

いいんだ、こうやって舞い上がって辱めを受けるのはもう懲り懲りだ。所詮《しょせん》三次元、二次元の美少女に敵うわけがないんだから。

　俺はひらりんを推せるだけで幸せなんだから。


　翌日、学校が終わってバイト先のコンビニでの出来事だった。

　入店音と同時に自動ドアが開き、外から超絶美少女が入店してくる。

「いらっしゃいま……、あ」

　美少女はこちらに一度熱のある視線を向けてから、雑誌コーナーの前を通って奥に進む。

店内最奥のドリンクコーナーで水を取り、レジからよく見えるお菓子コーナーでお菓子を選んでいるのか、ちらちらこちらを見ては目が合うと逸らしてきて。

　一体あの美少女は何がしたいのか、それからも店内をちょろちょろと歩き回った挙句、嘘丸出しな表情で言った。

「あら並木くん、偶然ですねっ」

　これまた偶然、加賀美と学校以外の場所で会ってしまったのだ。

「よく会うな。優等生の加賀美でも下校中の買い食いとかするんだ」

　言いながら加賀美が持ってきた水と最近バズってる新食感のグミのバーコードを読み取る。

「お友達におすすめされたので、食べてみようかと思って。先生には内緒でお願いしますね？」

柔らかそうな唇に人差し指を当ててウインクするあざといポーズに一瞬ドキッとしつつ、愛を誓ったひらりんの顔を思い出して理性を保つ。

「了解。三百二十四円です」

「ピョイピョイでお願いします」

スマートなお会計でさっさと立ち去るのかと思いきや、水とグミを手に取ってこちらを見つめる。その視線にどんな意味があるのか知らんがいちいち可愛いからやめてもらえませんか。

「今日は、何時までですか……？」

今日はひらりんの配信はないので、高校生が働ける最大の二十二時まで働き、ひらりんへの貢ぎ金を稼ぐ腹積もりだ。だが、そんなことを訊《き》いてどうするつもりなのか。

「二十二時、だけど……？」

なにかを諦《あきら》めたのか、露骨に落ち込んだ加賀美は「そうですか……」と悲しそうな表情に。なにそれ可愛いんだけどムリ。

「ではまた学校でお会いしましょう」

「うん、また明日」

残念そうに退店していく加賀美。振り返る時、長くて綺麗《きれい》な髪がひらりと揺れる。そんなどうでもいい動作の一つですら美しく思える。

バイトが終わるまで加賀美の落ち込んだ可愛い表情が頭から離れず、ミスをいくつもやらかしてしまった。

こんな時はひらりんの切り抜きを観て癒されるに限る。さっさと帰ろうと家の最寄り駅に着いた時、誰かの気配を背後から感じた。

なんとなく感じた気配を追うように振り返るが、そこには誰もいない。気のせいかと思ったが、家に着くまでの十分間、何度か同じ気配を感じる。

もしかして、誰かに尾行されている？

いやいや、そんなわけない。だって俺だぞ。並で平凡な並木平太だぞ。俺を尾行してなんの得があるというのか。

きっと気のせいだ。そう信じて自宅の扉を開いた。


翌日、帰宅中にまた気配を感じた。

この疑惑を気のせいだと確信するために、いつもの道から外れてみることにした。

普段なら絶対に通らない、長い階段がある道。

この階段なら見渡しがいいし、もし誰かが尾行しているとしても俺が階段を上りきってから追いかけたら見失ってしまう。つまり、階段の最上段辺りで振り返れば尾行の犯人がそこにいるということだ。そもそも並で平凡なこんな俺を尾行する、そんな物好きな犯人がいれば、という話だが。

階段上りが無駄になれば俺は晴れて誰にも尾行されていないという事実を得られるわけだし、そこに犯人がいればそいつの正体が明らかになる。どっちに転んでも得だ。ただこのクソ長い階段を上らなければならないというデメリットはあるが。

息を切らしながら長くて急な階段を上っていく。半分くらい上ったところで既に帰宅部のオタクには修行かとツッコみたくなるほどきついものだったが、現状背後に気配を感じている。どうやらまんまと罠にかかってくれたようだ。

さあ、振り向くぞ。……でもいざいるとなると怖い。いきなり襲われたりしないだろうか。襲われるならエロいお姉さんがいい。若い男が好きなゴツいマッチョとかだったらどうしよう。だとしても俺みたいな奴よりもっと可愛いイケメンを襲うよな。だったら大丈夫。ゴツいマッチョじゃない。じゃあどんな奴が……って、考えてもわからないからこの階段に来たんじゃないのか。ええい、どうにでもなれ！

振り向き、視点を下げて、下から俺を追う者の姿を確認する。

枝毛が見当たらない綺麗な髪、腰の位置が高くすらっと細くて長い脚、老若男女誰が見ても見惚《みと》れるパーフェクトフェイス、間違いない。

「なんで……」

「ふふっ」

不敵に笑ったそいつは、ゴツいマッチョでも、エロいお姉さんでもない。

「やっぱり並木くんなら私に気づいてくれると信じていました。気づいてくれたということは相思相愛ということ。間違いないですよね？」

「——加賀美」

誰が見てもパーフェクト美少女の彼女が、背後の気配の正体だった。いやいや、そんなわけがない。あの加賀美さくらが、俺のストーカーだなんて。きっと何かの間違いだ。

「一応訊くんだけど、なんでこんなところに？」

きょとんとした表情から、いつもの天使のような微笑みに変わる。可愛い。

「決まってるじゃないですか、並木くんと私が運命の赤い糸で繋《つな》がっているからですよ♡」

何かの間違いだと信じようとしたのに、加賀美の発言がそれを否定してくる。

「並木くんと仲良くなりたくてずっとチャンスを窺《うかが》ってました。学校で話しかけるのはきっと嫌がるだろうから、学校じゃないところがいいかなって。だったら下校中が迷惑からないかなって。だとしても学校の近くだと他の生徒に見られちゃうし……あっ、私は嫌じゃありませんよ！　ただ、並木くんってあまり目立ちたくない人でしょう？　だったら並木くんのために他の生徒に見られるのは良くないかなって思ったんです。なのでまずは並木くんのお家の最寄り駅辺りで声をかけようと思いました。だから決してストーキングしようとか、そういうのではないんですよ？　ただ仲良くなりたかっただけなので……。並木くんとお話しできて、私緊張で上手く話せなくて咄嗟《とっさ》におばあちゃんのお家があるかも、なんて変な嘘まで吐いちゃいました。あの時はごめんなさい。でもでもっ、ただ並木くんと仲良くなりたかっただけなので許してくれますよねっ？　次の日も仲良くなろうと並木くんのこと追いかけたんですけど、途中コンビニからなかなか出てこないのでおかしいなーって思っていたらまさか並木くんが駅前のコンビニで働いてるなんて！　学校から一番近いコンビニで働いてて良かったです。これでいつでもお客さんとして頑張っている並木くんの姿を見ることができます♡　並木くんは何をしていてもその……、か、かっこいいですけど、一生懸命な姿は特にかっこいいし、ミスをしてお客さんに叱られている姿もなんだか可愛いんです♡　私、レジの前にテント張ってずっと見ていたいくらいです♡だから、良ければ今日こそお茶でもどうですか……？」

加賀美のイカレ具合に唖然《あぜん》とする。なんの「だから」なんだよ。

呪術の詠唱を終えた加賀美はいつの間にか俺に接近していて、息がかかる距離にいる。

くっそ、なんだよコイツ。めっちゃヤバい奴だし恐い。なのに……、可愛いし良い匂いすぎる。

「わかった、わかったから落ち着いて」

「本当ですか⁉　やったー！　私今とても幸せな気分ですっ♡」

両手で口を覆って驚愕《きょうがく》、からのバンザイして歓喜。うーん、可愛い。ストーカーでさえなければなぁ……。

「でもクラスのみんなには内緒にしてほしい」

これを言うのは賭《か》けだ。

賭けというのはこれを伝えたことでストーカーである加賀美が「私と一緒にお茶することを知られたくない相手がいるってことですか？　誰ですか？　同じクラスですか？　その子とはお付き合いしているんですか？」などと逆上して何をするかわからない、という恐怖があるからだ。まあ俺に異性関係など皆無なのだが。

「わかりましたっ。そうですよね、皆さんへの報告はもっと然るべき段階を踏んで、正式にした方がいいですよね……」

「ん？　なんの話？」

なんの話をしているのかわからないという俺の問いに、加賀美も俺が何を言っているのかわからないような表情で不思議そうにして。

「私、男性とお付き合いしたことがないのでよくわからないのですが、お付き合いしたら家族や友人をお食事に誘って、皆さんの前で報告した方がいいのかなって……」

「結婚の挨拶《あいさつ》か！」

「えへへぇ、並木くんったら気が早いですよ。まずはお互いのことをよく知ってからですよねっ？」

こいつ、顔が良いからなんか許せちゃってたが腹立ってきたな。

「では行きましょう！　私たちの未来の話でもしましょうか♡」

この先の未来が不安で仕方ない並木平太であった。


お茶をするとなれば想像するのはカフェだ。でも近くにカフェが見つからなかったので、夕飯が食べられなくなる心配はあったもののドーナツ屋に入ることにした。

「並木くんはどのドーナツが好きですか？」

多種多様なドーナツが並んでいて、一番となると決め難い。有名なドーナツ屋で、俺も何度か食べたことがある。パーティーとまではいかないがちょっとめでたい特別な日か、母さんと喧嘩《けんか》した次の日に父さんが買って帰ってくるのがお決まりで、そのせいでドーナツには特別感があった。

でも今日は加賀美と来ているからなのか、いつもとは違う特別感もある。

「めちゃもちリングかな。加賀美は？」

「私はえんじぇるホイップです！　でも全部美味《おい》しいですよね！　並木くんと食べられるならタワシでもいいですっ♡」

やめろ、そんな付き合いたてのカップルみたいな恥ずかしいことを言うんじゃない。店員さんもドン引きしちゃうぞ。ってかタワシは食いもんじゃねぇよ。

「お持ち帰りにするのか？」

このドーナツ屋には陽キャしか入れないキラキラ空間、みたいな印象があるせいであまり店内を利用したことがない。俺みたいなのがいるとクレームが入りそうだし。……それはさすがに自己肯定感が無さすぎる思考だったか。だけども一応確認してみたが、加賀美は不満ありげに頬を膨らませている。どうやらダメらしい。

「せっかくなので一緒にゆっくり食べながらお話ししたいですぅ」

「あ、はいすんません」

惚《ほ》れてまうからその顔やめろ。

会計を終えて席に着こうとすると、入り口のドアが開いて大池前高校の制服を着た女子が四人入ってくる。見覚えのあるようなないような、やっぱあるような……。

「並木くんっ」

咄嗟にドーナツを席に置いてから俺の手を引いた加賀美はトイレに入る。

「バレたくないんですよね？　じっとしていてください」

「は、はい」

一瞬しか視認できなかったが、今入ってきた四人はやはり見覚えがあった。同じクラスの女子たちだ。加賀美とも親しそうにしていたのを見たことがある。とは言っても加賀美は誰とでも仲良い感じがするので、特段仲の良い相手でもないのかもしれない。

「あ、あの〜、加賀美さん。近くないですか？」

「へっ……？　あっ、で、でも仕方なくて……」

咄嗟のことだったので、不可抗力だということで見逃してほしい。

店内には四人掛けのテーブル席が二つ、二人掛けのテーブル席が四つ、そんなに広いわけでもないこのドーナツ屋で、トイレの広さはそこまで必要じゃない。とは言ってもここまで狭くていいのか、いいや、違うな。そもそもこのトイレは一人用なんだ。二人で入ることを想定されていない。

加賀美もそこまでは想像が及ばなかったのか、顔を赤くして俯《うつむ》いている。

「ご、ごめっ、やっぱ俺外――」

「ダメ、ですよ……？」

いつの間にか腰に回された腕が、俺の動きを封じている。その細い腕は小さく震えていて、ずっと加賀美に懐《いだ》いていた恐怖の感情が嘘のように、俺はどうしようもなく彼女を護りたいと、そう思ってしまった。

「今出たら、並木くんと私が一緒にいることがバレてしまいます……」

扉の向こうに人の気配を感じる。トイレのすぐそばにある会計レジカウンターに、あの女子たちがいるのが、声からして簡単に察せられた。

その女子たちにバレないためだろう、加賀美は息を多く含む声を俺の耳に向けて放った。

腰に回された腕と、至近距離で耳に浴びせられる吐息に近い艶《なま》めかしい声。もちろん俺の腰はホールドされているので加賀美と密着している状態なわけだが……。

「あの……、ご、ごめん……、やっぱちょっと近い……」

「すみません……、でも狭くて……」

そうだ、狭いんだ。この状況なら仕方のないことなんだ。あんなに俺に猛アピールして

いた加賀美でさえも、顔が真っ赤で目も合わせられない距離なんだから、どうしようもないんだ。

「あのさ……」

「……？」

「当たってたら……、ごめん」

「なにが、ですか……？　あっ」

やっちゃった。言わなきゃバレなかったんじゃん。黙ってればよかったか。

一瞬にして俺の（顔の）熱が急上昇していく。いくらストーカーとはいえ、相手は美少女なんだ。それに、こんなに密着しているんだし。思春期真《ま》っ只中《ただなか》の男子高校生が耐えられるわけがないだろう。

「その、気にしないでください。並木くんなら、平気ですから……」

オレナラヘイキ。オレノハ兵器。……あかーん！　わいもう我慢できまへーん！

「無理……」

限界を超えてバカな行動を起こしてしまう前に、トイレから飛び出した。

飛び出て辺りを見回してみるが、さっきの女子たちは既に会計を済ませて扉に手をかけているところだった。だが、トイレからとんでもない勢いで飛び出してきた俺に、さすがに目を向けている。

もしも背後にいる加賀美が、今出てきてしまえばどうなる。

これは、目立ちたくない俺が困る、とかそんな簡単な話ではない。俺と加賀美がドーナツ屋に一緒に来ていることすらバレれば何を言われるかわからないのに、更には一人用のトイレから二人で出てきた、なんて知られた日には、俺の人権は歴代卒業生のタイムカプセルと共に校庭の木の下に埋められてしまうだろう。

「え、なにあの人。トイレから飛び出てきた」

「勢いやばっ」

「なんかめっちゃ息荒れてね？　つーかうちの制服じゃん」

「あの人確か同じクラスの……、佐藤だっけ、鈴木だっけ？」

並木です。

「違うクラスでしょ、見たことないし」

おい半沢、俺はお前を知っているぞ。

「もういいじゃん、行こ」

数秒で変な奴、もとい平凡なモブからの興味を失った彼女たちは何もなかったかのように去っていく。その様子を見ていたかのようなベストタイミングで加賀美がひょっこりと頭を出して、目までしか出ていないのに照れているのが伝わってくる表情で。

「大きくなってました……」

「いや言わんでええねんっ！」


「最近暖かくなってきましたね。お家で飲むホットティーが、アイスティーになりました」

推しの配信へと視線を向けながら、どうせ平均点以下しか取れない呪いにかかっているくせに勉強道具を広げていた。並で平凡な俺にとって平均点は満点なので、勉強をしなければ普通に赤点をくらう。だからこうして勉強しようと試みるのだが、今日はいつもより集中力が圧倒的に欠落していた。

それには理由が二つある。まず一つ、推しが今日も尊いから。二つ、加賀美とのドーナツ屋での一件が頭から離れてくれないから。

あの後家に帰って、いつも通りひらりんの配信を観るためにさっさと風呂《ふろ》とご飯を済ませたわけだが、ご飯中にも、息子を洗っている時にも、ずっと加賀美の匂いが、声が、表情が、熱が、俺の感覚をフェザータッチで愛撫《あいぶ》してくるようだった。

ひらりんの配信を観ている今でさえ、あまり集中できていない。

「今日あった楽しいことを皆さんにお話ししたいと思いますっ！」

今日あった楽しいこと、そう聞いて肩が跳ねた。あれは、楽しいことだったのだろうか。平凡な俺の日常に突如として現れた美少女ストーカーというフィクションのような存在。ひらりんの配信くらいでしか動くことのなかった俺の心を、たった数秒でいとも簡単に痙攣《けいれん》させた加賀美。アイツといた時間を、俺は楽しいと感じてしまったように思う。

いつも推しが楽しんでいるなら俺も楽しいので大好きなコーナー、『今日あった楽しいこと』が始まる。このコーナーはオチなどなく、本当にただひらりんが今日あった楽しいことを話すだけというコーナーなのだが、これが意外にもリスナーからの人気コーナーになっている。

ひらりんのリスナーは総じて、ひらりんの配信に面白さを求めてなどいない。俺たちが望むのは、ただ推しが幸せであると実感できること。それが俺たちの癒しになるのだ。

「今日弟と一緒に、ドーナツ屋に行ったんです！」

「ふぇっ⁉」

ドーナツ屋という言葉が出た途端、これまでフェザータッチだった記憶の愛撫が、いきなり心臓を握りつぶすような感覚に変わる。

まさかひらりんに今日の出来事がバレていて、私以外に浮気《うわき》しないでね？　という脅しか？

「私はえんじぇるホイップが好きなんですけど、弟はめちゃもちリングが好きみたいです」

まるで今日の俺と加賀美の会話だった。ひらりんの話の中で度々登場するこの弟くんは、一部のリスナーの間では彼氏なのではと噂されている存在。

今までは厄介なオタクが勝手に想像して言っているだけだと考えていた。だってひらりんは俺以外の男と付き合ったりなんてしないだろうし。でも、今日の出来事を思い返すと嫌でも想像できてしまう。

一人用のトイレで、ひらりんと見知らぬ男が密着して耳元で愛を囁《ささや》き合う場面。

「うわぁぁぁぁアァァァァ!!」

嫌だ嫌だ嫌だ！　そんなの耐えられない！

どうしても不安になって、ゲーミングモニターで再生中のひらりんの配信を横目に、スマホでひらりんのSNSを開く。

メディア欄をタッチして、過去の画像を遡《さかのぼ》った。

「男の気配……、なかったよな、そんな画像」

遡っても出てくるのは道に咲いていた花や、近所の野良猫の写真ばかり。だが、その中に一つだけ、人の手が映りこんでいる動画を発見した。

もちろんひらりんマスターの俺は閲覧済みの動画だが、見たのは一ヵ月ほど前のこと。

当時は特に気にすることもなく観ていたその動画は、散って落ちてくる桜の花弁を両手で作った器で受け止める動画。

動画に映る手は黒い手袋で肌が隠れているものの、シルエットだけで女性のものだとわかる。ただし、前述したとおり、その動画には両手が映っているのだ。

「つまりは誰かに撮ってもらった動画……」

動画の視点はひらりんの頭の高さと同じくらいと背景や手の映り方から想像できる。つまり、その高さに手があるということはひらりんより十センチほど身長が高い相手と考察できる。

ひらりんの公式プロフィールによると身長は百六十センチ。つまり撮影者は百七十センチ前後。ほぼ俺と同じくらいだ。やはり……男か？

いやいや、ひらりんが俺を裏切るようなことをするわけがないだろう。きっと弟だ。そうに違いない。もしくはちょっと大きな女の子だろう。

きっとそうだと信じていても落ち込んでしまうものだ。視線が自然と落ちていくと、視線を受け止める位置に放置していた勉強道具が目に入り、少し冷静になった。

やってることはネットストーカーで、加賀美とまあ変わらない。自覚はある。罪悪感はもちろん感じるが、ひらりんのことは全て知っておきたいと思うのは未来の夫として当然のこと。

「はぁ……」

ひらりんが見ていないところで、ひらりん以外の女の子にドキドキなんてしてしまった罰が当たった。もう、加賀美なんかに心を動かされてたまるものか。俺はひらりん一筋なんだ。ウワキ、ダメ、ゼッタイ。

ひらりんを悲しませたくはないから、明日《あした》からは絶対に、加賀美にドキドキしたりしない。

どれだけ可愛くても、どれだけ好きと言われようとも、もうこれ以上俺の気持ちが動くことはない。だって加賀美はストーカーだし、なにより三次元なんだから、きっと最終的には俺を裏切るんだから。

おっといけない、少し暗くなってしまったか。ポジティブに捉《とら》えよう。今日の俺とほぼ同じ出来事がひらりんにも起きていたんだ。つまりこれは運命ともとれる。

加賀美とドーナツ屋に行った俺。弟とドーナツ屋に行ったひらりん。俺たちは同じ時間を過ごしたということ。つまりは……、デート！

「ふふふふっ、運命だ」

暗い部屋、勉強机に置かれた照明が、俺の顔を不気味に照らしていた。

ドーナツ屋事件の翌日、今日はいつもより目覚めが早かった。というか、ほとんど寝られなかった。

いつもならギリギリまで布団に潜り込んでいる平凡な高校生である俺も、昨日の出来事があってか、なかなか寝付けなかったのだ。

加賀美のことなんてどうだっていいだろ、俺にはひらりんがいるんだから。そう結論付けたはずなのに、何度もあの時の記憶を五感が再現してきて。

羊を数えてもいつの間にか加賀美を数えてしまっていた時は、やけになってベッドフレームに頭を何度も打ち付けた。

いつもの時間よりは早いが、準備が済んだらさっさと登校してしまおう。このまま悶々《もんもん》としているといつか限界がきて眠ってしまいそうだ。遅刻なんてしたら目立ってしまうし。

学校の最寄り駅は俺の家の最寄り駅からたった一駅で、距離もそこまで離れていない。バスと電車で行くことが多いが、今日は体を動かしていないと眠ってしまうかもしれないので、自転車で行くことにした。

ペダルを漕《こ》ぎ続けて二十分ほどで学校に着くと、想定していたよりも早かったせいか、まだちらほら真面目な生徒が校内を歩いている程度だった。

早めに来たんだし、教室で寝ていよう。そう考えながら自分の教室の扉を開いた。ガラガラと音を立てておそらく一番乗りの教室に入ると、悩みの原因が迎え入れてくる。

「げっ」

「おはようございますっ♡」

寝不足の元凶が、まるで俺が今来るのをわかっていたかのように扉の前で待ち伏せていた。にっこにこで、昨日のことなんてなかったように。

「お、おはよう。早いな」

「はいっ。早く来て勉強していたら、偶然窓の外に並木くんが見えたので、ここでずぅーっと、待っていましたっ♡」

それって本当に偶然ですか。そうだよね、そうなんだよね、偶然だよね。

「そ、そっか……、朝から偉いな」

加賀美は自分の席に戻っていき、俺はその前の席なので加賀美の席を横切ることになるのだが、実は平凡な俺にだって学年一位の勉強法は気になる。ちらりと加賀美の机に広げられていたノートを見てみると、どうやら暗記の勉強をしていたらしく、赤い透けるシートがあった。

「これって何を……、え」

「あ、ダメです！」

咄嗟《とっさ》に隠されたが、そこに書かれていた内容は言葉を失うような、とんでもない内容で。

「えへへ……、なんだか照れちゃうので見ちゃダメです」

「……」

絶句である。

ノートに書かれていた暗記問題は数問見えたが、そこにはこう書かれていた。

『並木くんの一番好きな教科は？』

『現代文』

正解！

『並木くんがアルバイト中にしてしまい、ずっと引きずっているミスとは？』

『間違えてお釣りを多く渡してしまったこと』

ぴんぽーん！

『並木くんの誕生日は？』

『九月二十五日』

さっすが～！

『並木くんが唯一バレンタインのチョコを貰《もら》った相手は？』

並木くんの誕生日は？
A.九月二十五日
並木くんが唯一バレンタインのチョコを貰った相手は？
A.お母様♡

『お母様♡』

やるじゃ～ん！

「なんで知ってんだよ！」

「愛の力ですっ♡」

愛の力だけでは納得できない情報ばかりなんだが、一体どうやって知ったんだ。

「まったく……、そもそもどうしてこんな平凡な俺なんかを加賀美が気にかけるんだよ。どう考えたって見合わないだろ」

「そんなことありません！　私、並木くんの素敵なところを沢山知っていますよ！」

「嘘つけ。そうやって俺をからかって遊んでるんだろ」

きっとそうだ。加賀美みたいな陽キャが俺をストーキングする時点でおかしいのだ。

自慢じゃないが高校に入ってからまともに友達すらもいないような並キャ……というかもはや陰キャの俺だ。中学までは部活に入っていたこともありそれなりに友人もいる平凡な男の子だったわけだが、高校からは平凡を自称するのもおこがましいほどに暗いハイスクールライフを謳歌《おうか》している。

「どうしてそんなに自分を低く見るんですか？　私は並木くんが素敵な人だって知ってます。そんな素敵な並木くんには、自分自身を好きでいてほしいんです。並木くんが自分に自信を持てるようになるためなら私、なんだってしますよ？」

なんだってするという言葉を簡単に美少女が言うな。健全な男子高校生ならそれだけで五回はできるんだからな。

「別に俺は自分を嫌いなわけではない。ただ平凡だなぁと常々感じているだけだ」

「だから並木くんは平凡じゃないんですっ！　何度言えばわかるんですか⁉」

「なんで加賀美がキレてんだよ……」

「キレてません！　ふんっ」

キレてんじゃん。

美少女にここまで言われて大変ありがたい話だが、そもそもなんでこいつ俺のことこんなに肯定してくれるんだ。

「加賀美が俺のことを素敵だって思ってくれてるのはわかった。ありがとう。でもな、みんながみんな加賀美と同じ意見を持つわけじゃないんだ。試しに加賀美の友達に俺の評判を訊《き》いてみろよ。並木？　誰それ、そんな人うちのクラスにいたっけ？　みたいなこと言われるのは目に見えてる」

実際昨日ドーナツ屋で言われていたことだ。クラスの半分くらいは俺のこと知らないんじゃないだろうか。それは言い過ぎか。クラスの三人くらいしか俺のこと知らないだろう。

……三人くらいは知ってくれてるよな？

「じゃあ知ってもらいましょう！」

嫌な予感がする。教室で俺を待ち伏せていた時と同じ笑顔で、何かを思いついたらしい加賀美は続けた。

「まずは私が仲の良い友達に、並木くんのことを紹介します！　きっと仲良くなれます！」

ダメだコイツ、何もわかってない。

「やめとけやめとけ、俺なんか紹介したら加賀美の評判が落ちるぞ。友達だと思ってた奴からいきなり意味のわからん商材売りつけられた気分になるって。友達辞められるぞ」

「そんなことで友達を辞めるような失礼な人なら、こちらから願い下げです。それに、並木くんも失礼ですよ」

「何がだよ、存在がか？」

「違いますっ。私の友達は、そんな方たちじゃありません！　皆さん素敵な人です！　という意味ですっ！」

類は友を呼ぶと言うが、確かに、加賀美の友達なら良い人なんだろうと、加賀美と接しているとわかる。このまま高校生活をボッチで過ごすよりかは、一度でも友達作りにチャレンジしてみた方がいいのかもしれないな。

「わかったよ……、なるようになれだ」

　俺が決意を固めた瞬間、二年Ａ組に三人目が登校してきた。そいつは猫っぽい目で俺を睨《にら》みつけている。通りかかったついでに唾《つば》とか吐かれそうな雰囲気だ。さすがにこの人とは仲良くなれないな。そもそも、加賀美の友達って雰囲気でもないし。

「ちょうど良いところに！　彼女は八重彩月《やえさつき》ちゃん、私の一番の親友ですっ！」

　うっそだ～。

「ねえねえ加賀美さん、やっぱやめない？　俺友達とか別にいなくても平気だしさ。それに八重さんにも迷惑だって」

　ほーらまだ睨んでるじゃんか～、泣きたいんだけどどうしたらいいの～。

「おはようさくら、今日は随分早いね」

　八重は俺から加賀美に視線を移すと表情が変わり、柔らかい猫になる。なんで俺にだけ野良猫の目なの。

「うんっ、さっちゃんも早いね」

「ゲームしてたらいつの間にか朝でさ、もう早く行って学校で寝ようかなって」

　おっと、これは俺と同じタイプか？

　朝までゲームなんて俺にもよくあるナイトルーティーンだ。加賀美の友達だと言うからギラギラネイルギャルの可能性も考えていたが、案外仲良くなれる可能性が出てきた。

「それより並木、なんでアンタがさくらと会話を？」

前言撤回。加賀美から俺へと会話の相手が替わった途端に別人だ。怖すぎるこの人。俺なんかは加賀美と会話することも許されないというのか。そもそも俺から話しかけにいってるわけじゃないから睨まれる筋合いはないのでは？

「さっちゃん、怖い顔になってるよ？　せっかく可愛いのにもったいないよ！　ほーら笑って～、にこにこ～っ」

八重のほっぺを両手で優しく包み込んだ加賀美。八重は顔を赤くしまるで童貞みたいな反応で「や、やめてよ……、恥ずかしい……」となんかクネクネしている。

加賀美の美少女っぷりは女子でも関係ないのか。

「さっちゃんに提案があるの」

何気なく聞いていたが、加賀美がタメ口で話しているのを初めて聞いたかもしれない。それだけ八重は心を許した相手ということだろう。だったら、きっと八重も良い奴なんだろうな。ストーカー気質の可能性はあるが。

「並木くんと、友達になってみない？　きっと二人は仲良くなれると思うんだ」

「私が、並木と……？」

そんなに嫌そうな顔しなくても……。

「いや、迷惑だしやっぱいいって。加賀美、気持ちだけで……」

「いいよ」

「え？」

まさかの返答に俺は戸惑い、加賀美は当然のことのように頷《うなず》く。

「ま、並木のことよく知らないけど、さくらが私に紹介なんて今までなかったし、さくらの友達なら多分良い奴なんだろうしね」

あれれ、なんだか急に八重が優しそうに見えてきたぞ。

「さっちゃんありがとっ！　大好きっ！」

加賀美は心底嬉《うれ》しそうに八重に抱き着いて頬ずりをしている。俺のためにそこまで喜んでくれるのか、本当に加賀美は良い奴だ。……おっと危ない、コイツはストーカーだ、危うく惚《ほ》れるところだったぜ。

俺の脳内ひらりんがいなけりゃ落ちていた。やるな。

「でも私、別に友達多い方じゃないし、どうやって仲良くなるかとかよくわかんないんだけど」

「それは俺も」

「やっぱり、二人は似てます！」

「「そうかな……、あっ」」

確かに、似ているみたいだ。

「それでは……、私お手洗いに行ってきますねっ」

あとは若いお二人で、みたいなジェスチャーで教室を出ていく加賀美。ちょっと待て、二人にするのはまだ早くないか？

加賀美が教室を出てすぐ、八重は自分の席に着く。窓際の後ろから三番目が俺の席で、そこから三つ右隣の席だった。

「さくらの前ではああ言ったけど、私は別にさくら以外に友達なんて必要ないから」

俺の方を見ることもなく、スマホをいじりながら冷たい声を放つ八重。

加賀美の前では友達になろうという姿勢を見せていたが、それはどうやら嘘だったらしい。

確かに、よく考えれば友達の頼みを断るのは気が引けるだろうし、あの場ではああやって言うしかなかったのだろう。それもただの友達ではない。親友の頼みなのだから。

「え、あ、ああ、そうだよな。俺も別に本気にしたわけじゃないから、気にしなくていいよ」

仲良くなれるかもしれない。もしかしたら加賀美の言う通り、俺にも良いところがあって、友達が沢山できるかもしれない。そうやって微かにあった思惑は、いとも簡単に砕かれた。

それもそうだよな。加賀美に煽《おだ》てられて調子に乗ってしまった。分不相応な過大評価で鼻の下が伸びていたが、俺は平凡以下なんだ。自重しないとこうやって痛い目を見る。

「並木もどうせ、さくらに近づきたくて私に仲介してもらおうって腹でしょ。残念だったね、そんな卑怯《ひきょう》なやり方でさくらに近づこうとしてる奴なんか、さくらの幼馴染《おさななじみ》として認めない。さくらはお人好しだから上手く取り入ったのかもしれないけど、私は認めないから」

なんか誤解されてるな。

八重は加賀美の幼馴染だったのか。昔から加賀美に下心をもって近づく男を遠ざけてきたのだろうか。もううんざりだとでも言いたげな表情をしている。

「別に俺は……」

言いかけて、なんで言い訳なんてしようとしてるのかと気付く。そんなことしなくていいじゃないか。だって、別に八重と関わる必要なんてないんだ。どう思われようが関係ないはずだ。

「たしかに俺なんかじゃ加賀美と関わるには分不相応だよな。――でもさ」

「……？」

無意識だった。無意識に続いた言葉は、スラスラと心の奥の本音をぶちまけるように飛び出していく。

「こんな俺を認めてくれる人がいるんだ。その人のためにも、知りもしないで俺のことを悪く言うの、やめてくれないかな」

自分のことを一番低く評価しているのは俺自身だ。並で平凡だと、ずっと自分を低く見ていた。なのに、俺のことを知りもしないで卑怯者扱いされるのに腹を立てたのは、俺のことを誰よりも肯定してくれた加賀美のことを否定されたように感じたからだ。

短い付き合いだし、ストーカーだけど、加賀美が俺を認めてくれることが嬉しかったんだろう。自分でも何言ってんだって思う。感じ悪いよな、わかってる。

「まずは俺のことを知ってから、思う存分好き勝手言ってくれよ。別に仲良くなってくれなくてもいい。ただ、何も知らないのに否定されるのは腹が立つし、俺を認めてくれて、こうしてチャンスを与えてくれた加賀美に申し訳ないから」

ちょっと熱くなりすぎだ。帰って思い返して、きっと恥ずかしくなるのはわかりきっている。でも、言わずにはいられなかった。

Vオタクをしていると、非オタの奴らにバカにされることがある。数ヵ月前に街中を歩いていて、俺の鞄《かばん》に付いたひらりんのラバストを見たカップルの男が言った、「なにあれ、キモ」という言葉。

あの時はひらりんのことを何も知らないくせにと腹を立てた。もちろん言い返したりはしないのだが、きっとあの人だってひらりんを知れば意見も変わっていたと思う。

俺ほどファンにならないとしても、少なくともキモいという感想は懐《いだ》かなかったかもしれない。

知らないことを知らないからとシャットアウトしてしまうのは、その人にとって何か夢中になれるものを得る機会を失ってしまう、勿体《もったい》ない行為だと思う。

こんな俺を認めてくれる加賀美。そしてその一番の親友の八重には、そんな勿体ない行為をしてほしくない。

「ごめん、ちょっと熱くなり過ぎた。でも、これが俺の思ってることだから……」

八重は少し驚いた表情をして、すぐにスマホへと視線を戻す。

俺も気まずくなって、別に連絡を取り合う友達もいないくせにＬＩＮＥを開いてトーク履歴を眺めたりなんかしちゃって。

早く帰ってきてくれ、加賀美。もしくは誰か登校してきてくれ。

「なっ……並木は、ゲームとかするの？」

突然問いかけられた質問には、八重から俺への知ろうとしてみるという意思表示が乗っている。それを察して、嬉しくなって、ついつい口角が上がってしまって。

「結構やるよ。最近だと、マイナーかもしれないけどＧＧＡⅢかな。オンラインの人数も少ないからマッチ遅かったりするんだけど」

オタク族のユニークスキル、『好きなものについては饒舌《じょうぜつ》』が発動してしまった。ちょっとやりすぎたかと反省して八重の様子を窺《うかが》おうとした。だが、それよりも先に俺と同じスキルを八重が発動する。

「あ、それ私もやってる。まさにそれで今日徹夜してたんだ」

「まじか！　人口かなり減ってるから、フレンドにもやってるやついないのに！　最新のＧＧＡⅣに注目されがちだけど、やっぱりⅢが名作だと思うんだよ」

「わかる。Ⅳは新要素も入ってやり込み度上がったけど、ＧＧＡは他のＦＰＳと違って操作にストレスがないし、別に新要素なくても充分楽しめるんだよね。シンプルなチームデスマッチだけで五時間はぶっ通しで余裕だし」

「うわめっちゃ共感だわ。銃の種類もちょうどいいんだよね、Ⅳになると一気に増えすぎてかなり複雑になってってさ、せっかくのシンプルでも楽しめるＧＧＡの良さがかき消されてるからなー」

「それな。GGA以外もやるの？」

「RPGがメインで、あとは格ゲーとFPSとか……、あー、偶にレトロゲームに熱中したりするんだよなー」

「レトロゲーム珍しいね。私も結構やるんだけどあんまりやってる人見ないからちょっと嬉《うれ》しいかも」

いつの間にか、俺たちの視線はスマホからお互いに移り、徐々に気まずい雰囲気もなくなっていく。ついにはお互いのつま先がお互いに向かっていて、身を乗り出す勢いで趣味の話が盛り上がっていた。

「へー、八重もレトロゲームやるんだ。なにやるの？」

「かなり古いんだけど……、こんな感じ」

席を立って、スマホの画面に映ったゲーム用のアカウント、そのプレイ履歴の画面を見せてくれる。少し照れながら見せてくれたそのリストは、驚くほどに俺のものと似ている。

「すげぇ、俺とほぼ同じだよ。自分のかと思った」

「へー、並木、センスいいじゃん」

俺は遊ぶゲームを決める時の基準がある。

それはもちろん、面白そうだと感じた、とかがメインの決め手になるのだが、一番はひらりんがゲーム配信でやっているかどうか、である。

ひらりんとは、ゲームの趣味が合う。そして、そんな俺と同じようなプレイ履歴の八重は、もしかしたら……。

「八重ってもしかして、ゲーム配信とか観るの？」

「え、それ私も思った。もしかして並木って……」

「「ひらりん推し？」」

声が揃《そろ》う。その瞬間、さっきまでの気まずさが嘘のように、お互いに吹きだし、大笑いして。

「まさかクラスメイトに同担がいるとはね」

「八重もセンス良いな、ひらりんの良さに気付くなんて」

「ひらりんの良さに気付けない奴なんて、この世に一人もいないでしょ。癒しの擬人化なんだから」

「全部が完璧《かんぺき》だけど、あの声と喋《しゃべ》り方で、あんなに心が綺麗《きれい》な人なかなかいないよな。聖人だよ、まじで。心が洗われる」

「わかりみが深すぎる。八時間の睡眠よりも癒されるよね。ひらりんの配信観てるだけで

ＨＰ全回復どころかＨＰ最大値上昇も同時にできるんだもん」

八重の言葉は、ところどころにゲームオタクが出てくる。パンピーはＨＰ最大値上昇なんて言わないし。

「なによりあのビジュだろ。ちょっとだけ垂れ目で、そこにひらりんの癒し力が現れてるし、衣装のデザインも完璧。新衣装が出る度に俺は涙を堪えるので必死だからな。ひらりんが着ることを想定してデザインをしてるわけだけど、あれほどひらりんにぴったりの衣装はない。考えた人はまじで神だよ。ママは匿名のイラストレーターだけど、どんだけ探しても同じ絵柄の人が見つからないんだよなー」

話に夢中になっていると、八重の背後、廊下側に面している開いたままの窓から、こちらを覗《のぞ》く人影が見えた。

俺が気付いたことで、隠れていたそいつがひょっこりと顔を出して微笑む。

「仲良くなれそうで安心しました」

「あっ……、さくら、遅かったね」

「先生に捕まっちゃってた。ごめんね、紹介したのは私なのに」

「ううん、並木は意外と面白い奴だったから」

「面白いか……？　気が合う、とかじゃなくて？」

「うん。だって、いつも教室で本読んでるかゲームしてるか動画観てるかでしょ。まず人と話せるんだ、しかもめっちゃ喋るじゃんって、ウケた」

「バカにすんなよ。これでも中学の頃は好きな分野の話になるとマシンガントークすぎてちょっとウザがられてたんだからな」

「それって本当にちょっとなの？　実は結構嫌われてたんじゃない？」

「……そうなのかな、ちょっと不安になってきた」

「ぷっ、冗談だよ。少なくとも私は楽しかったよ」

八重はもっと笑わない、気難しい奴だと思っていた。最初の印象はあまり良くなかったし、正直ちょっと怖かった。でも話してみると趣味も合うし、冗談を交えてきたりもして、さすがは加賀美の親友、コミュニケーション能力もインドアなわりに高めだ。どれもこれも、八重が俺にゲームの話を振ってくれなければわからなかったことだ。

知らないままで終わろうとしてたのは、俺の方だったんだな。

加賀美はストーカーだけど、こんなに気の合いそうな八重と俺を繋《つな》いでくれたことには、感謝しておこう。

「そうだ並木、ＬＩＮＥ教えてよ。今度一緒にゲームしたいし、フレコ送っとく」

「あ、うん」

高校に入って、クラスメイトとＬＩＮＥを交換するのは初めてだった。

別に友達リストに家族以外いない、みたいなタイプでもない。俺は底辺ではなく平凡なので、一応三十人くらいはＬＩＮＥを交換した友人がいる。ただそこにはもちろん女子のＬＩＮＥなどない。八重を女子として、異性として意識しているわけではもちろんないが、どうにも新鮮な気分だった。

「ＱＲ出して。読み込む」

「了解」

画面に映し出したＱＲコードを読み取ってる間、ふと加賀美に目をやると、なにやら非常に嬉しそうな表情……、いや、これは少し陰がある。なにか言いたげだ。私とはまだＬＩＮＥを交換していないのに、さっちゃんとは交換するんですか、そうですか、みたいなやつなのか。それっぽいけど、別に交換しようって言われたこともないしな。

「追加したよ、フレコ送っとく」

「おっけ、さんきゅー」

友達とＬＩＮＥを交換するというイベントが随分と久しぶりだったからか、アップデートで追加されていた機能を知らなかったのだが、友達リストの上部バナーに『新しい友達』という項目があって、そこに今追加した八重のプロフィールが表示されていた。『さつ』というニックネームで登録されている八重のアカウント。プロフィールアイコンは犬の写真で、犬種はコーギー。家で飼っているのかもしれない。背景はなにも設定されておらず、初期のままになっていた。とまぁ、そんなことはどうでもいい。

知らぬうちに増えていた新機能も、八重のニックネームも、犬がコーギーであることもどうだってよくなるくらい、もっととんでもないことが起きている。

「加賀美」

「はい……？」

にっこにこの表情で喜びを露わにしている加賀美。その笑顔にすら恐怖を感じる。

「なんで……、なんで新しい友達の項目に加賀美の名前が並んでるんだ！」

新しい友達の項目に並んだ『さくら』というアカウントは、アイコンが八重とのツーショット。もちろん加賀美とＬＩＮＥを交換した記憶など俺にはない。

「やっぱりダメですよね……」

「いやダメとかじゃなくて、まじで、いや普通に、いつ……？」

追加した覚えなんてないんですけどどうやったんですか、まじで怖いって。

「友達、というのは嘘になりますもんね。ダメですよね……」

あ、ダメってそういうことね。俺にはわかる、まーたヤバいこと言うよこの人。

「運命の人という項目じゃなくちゃダメですよね♡」

はいでたー。お隣の親友ですらちょっと引いてるから自重してね。

そんなこんなで俺は趣味の合う友人をゲットした。……ストーカーの紹介で。

# ♥二話♥

## 人が人を好きになる理由なんて案外単純だし、高水準の笑いのツボも単純。

俺の朝はひらりんで始まる。それはアラーム音の話。

『起きてください、遅刻しますよ』

スマホから流れるひらりんのＡＳＭＲ動画の音。これをスマホのアラーム音に設定しているのだが、何度も繰り返されるそのアラームで起きられた例しがない。なぜならわざわざひらりんの声を耳元で感じたいがためにワイヤレスイヤホンを着けて寝るのだが、起きた時にはワイヤレスイヤホンは、枕元に転がっているからだ。一応スマホからも音は流れるようにしているが、囁《ささや》くような小さな声では起きられない。

結局遅刻しないように保険で掛けた、電池で動く普通の目覚まし時計で朝を迎える。そうしたら枕元のワイヤレスイヤホンを拾い、耳に着ける。

『起きてください、遅刻しますよ』

「ふぁ～、至福～」

こうして耳を癒してから、少しベッドの上で怠ける。この時するのは主にソシャゲのログインと、毎朝呟《つぶや》かれるひらりんの『おはようございます、今日も皆さんが幸せな一日を過ごせますように』というポストにいいねを押して、『おはよう、今日も生きててくれてありがとう』とリプを送ること。

これを毎朝の習慣にしている。客観的に見ればヤバいファンかと思われるかもしれないが、ひらりんのファンは俺のような奴が大半を占めている。つまりこれがこの界隈《かいわい》での平凡。

だが、最近になって、朝の習慣が一つ増えた。

『並木《なみき》くん、おはようございます！　今日も大好きです！』

ＬＩＮＥを交換した日から毎日送られてくる加賀美《かがみ》からのラブコール。正直うんざりしている。本当に勘弁してほしい。いくら加賀美が美少女とはいえ、俺にはひらりんという心に決めた人がいるんだから。いや、人じゃないか、女神だった。

だから、加賀美に惚《ほ》れるわけにはいかない。もし惚れてしまえば、俺と将来結婚するひらりんを裏切ることになってしまう。そんなこと、俺の中の法律と倫理観が許してくれない。

毎日美少女に迫られても折れない俺、かっこいいな。ひらりんも惚れちゃうよ。でも返信しないのもなんだか感じ悪いし、一応ひらりん推しの友達である八重《やえ》を紹介してくれた恩もある。別に返信したいわけでもないが、仕方なくしておこう。本当に、朝から美少女とＬＩＮＥできることを幸せだとか、そんなんじゃないいんだからねっ！

『おはよう。ありがとう』

とまあ、これが童貞の限界だ。いくら愛想良く返信しようとしても、照れが勝つ。

それにしても、今日はなんだか暑いな。まだ五月中旬だというのに、もう夏の気配を感じる。並キャはどちらかといえば陰キャ寄りなので、もちろん暑いのは苦手だ。そもそも日光が苦手。ヴァンパイアの末裔《まつえい》という説もある。

制服に着替えて二階の自室から一階の洗面所に向かおうとする。何か変だ。

いつもより、階段が長く見える。というか、曲がってる。……あ、違う、これあれだ。

「揺れ……あっ、痛っ！」

階段から足を踏み外し、転げ落ちそうになるのを手すりに摑まることでなんとか堪えたが、結果尻餅《しりもち》をつく。階段が長くなったわけでも、曲がっていたわけでもなく、俺の視界が歪《ゆが》んでいたのだ。それだけじゃない、身体が酷く重い。体温も、どんどん上がっているように感じる。あー、これはあれだ。

「三十八℃。今日は休んでいいから、ちゃんと寝てなさい」

「はい」

冷却シートをおでこに貼り付けて、体温計の準備をしてくれた母さんが言う。その後ろでどうでも良さそうにしている妹のすみれが、スマホをいじりながら母さんを急かしていた。どうやら今日は車で送ってもらうらしく、そんな時に風邪をひいた俺のせいで家を出る時間が遅れてしまっているらしい。だからってそんなに急かさなくてもいいだろう。まったく、妹というのは二次元でないと可愛くない生き物だ。

「お兄のせいで遅れるんだけど！　私が皆勤賞逃したら責任取れるの？」

「すんません」

妹よ、お前は先週風邪ひいて休んだから皆勤賞はもう無理なんだよ。それにこの風邪はパートでいない母さんに代わって俺がお前を看病して感染ったものなんだってこと、忘れるなよ。

「へーくん、ごめんね。お母さんすーちゃん送った後パートだから、帰ってこれないんだけど、キッチンに今日のへーくんのお弁当置いてあるから、それ食べて。病院に連れて行ってあげたいんだけど……」

「お母さん、お兄はバカだから寝てたら治るよ。早く行こ」

妹よ、バカだって辛い時はあるんだよ。だからもうちょっと優しくしてくんない？　お兄ちゃん泣いちゃうよ？

「パートが十五時に終わるから、その後でもいい？」

「うん。てかただの風邪だろうし、寝てたらなんとかなるよ。いいから早くすみれを連れてってやってよ」

「お兄のくせに良いこと言うじゃん」

「そりゃどうも」

家を出る前にすみれが俺に「これ見て元気だしなよ」と机に置いてあったひらりんのアクリルスタンドをベッド横のサイドテーブルに置いて、少しだけ心配そうに見える表情で「帰ったら看病してあげる、だからそれまで死ぬなよ」と盛大な死亡フラグをぶっ刺してから出ていった。

まったく、妹というのは可愛くない生き物だ。

母さんとすみれが出てから四時間ほど経ち、そろそろ昼飯にしようかと慎重にキッチンに向かうと、蓋《ふた》をされた弁当箱がぽつんと置かれていた。

さぁて、今日のおかずは何だろうと、母手製の弁当を確認する。

まずは弁当箱の大半を占める米。おかずはウインナー、ミートボール、卵焼き、きんぴらごぼう、唐揚げ。

母さんには悪いが、今の体調では食べるのが難しいラインナップだ。だからといって何も腹に入れないと薬で胃が荒れてしまう。

お粥《かゆ》でも作るか？　いや、こうして一階に降りてくるだけで結構辛かった。お粥を作る途中で倒れでもしたら、火を使うし危険だ。

二階に上がる余力もないので、このまま母さんが帰るまでリビングのソファで横になることにした。動けないが、横になっていればそこまで辛くない。

スマホで動画でも観ていようとすると、ＬＩＮＥの通知が三十件ほど溜《た》まっていた。

俺にＬＩＮＥしてくるのなんて、母さんくらいしか思いつかないが、今は仕事中のはず。だったら一体誰が……。

『並木、風邪らしいね。お大事に。ゲームせずにちゃんと寝なよ』

さすがにゲームしてる元気はないから安心してくれ八重。わざわざ連絡してくれたことに、少し感動した。風邪をひいた時に心配してくれる友達が、高校でもできたんだなと。

心配してもらえるというのは非常にありがたいし嬉《うれ》しいことなのだが、さすがに三十件も送るのはどうなのかと少し引いてしまった。

だからやめましょうね、加賀美さん。

『並木くん、大丈夫ですか？』

『辛くないですか？』

心配するウサギのスタンプが一件。

『熱は測りましたか？』

『冷却シートは首の後ろに貼るのも効果的みたいですよ』

発明しました！　と書かれた閃《ひらめ》いたウサギのスタンプが一件。

『心配です……』

『授業が手につきません……』

泣いているウサギのスタンプが一件。

『あっ、でも安心してください！　もっと先まで予習してあるので、私にとって支障はありません！』

『だから心配しなくて大丈夫です！』

安心した表情のウサギのスタンプが一件。

『それよりも私が並木くんを心配しています』

『無事でしょうか？』

『さっちゃんも返信がきていないというので心配です』

『風邪ひいてるから返信来なくても普通ですよね？』

『一人で苦しい思いをしてませんか？』

『私が看病してあげられたらいいのに……』

さっきと同じ泣いているウサギが一件。

『あっ、そうすればいいですね！』

『私、お昼に早退して並木くんのお家に行きます！』

さっきと同じ閃いたウサギのスタンプが一件。

『ご家族は皆さんいないと思うので、私が行かないと並木くんが一人で寂しいと思うので！』

『お父様とお母様はお仕事、妹さんは学校ですもんね』

『これは未来の妻である私以外に適任者はいません！』

『お任せください！』

胸を張るウサギのスタンプが一件。

『私が着くまでにこのＬＩＮＥを見て、何か欲しいものがあれば連絡してください！』

『買ってから向かいます！』

『では安心して待っていてくださいね！』

ダッシュしているウサギのスタンプ、その後ろには少し俺に似ている気がするカメもいる。

色々とツッコみたいところはあるが、一つに絞ってツッコませてもらうとするか。

「なんで家知っとんねん」

ツッコミとほぼ同時にインターホンがピンポーンと大きな音で鳴る。本当に来たのか加賀美の奴。

これが美少女じゃなくおじさんだったら普通にめっちゃ怖いぞ。美少女でも普通に怖いけどさ。

おぼつかない足取りで玄関まで出向き、ドアスコープを覗《のぞ》くと満面の笑みでヤバい女が立っているのが見えた。

「はい、どちら様でしょうか」

念のための確認での発言だったが、訊《き》くんじゃなかったと後悔する。

「お待たせしましたっ、並木平太《へいた》くんの未来の妻ですっ♡」

「あ、並木さんなら向かいの家です」

「そんなはずありません！　ちゃんと並木くんがこの家に入るところを見たので！」

そんなえっへん！　みたいに鼻息荒く言われても怖いですからね。ほんとに。

「はぁ……」

鍵《かぎ》を開けてやると、ビニール袋を持った加賀美が「お邪魔します」と一礼して入ってくる。見るからにテンションが高い。初めて俺の家に入るからだろうか。……初めてだよね？

「別に一人で困ってなかったし、俺のために早退なんて申し訳ないから今から学校戻った方がいいんじゃない？」

今は十二時前。母さんが帰ってきたら色々面倒なことになりそうだし、本当に一人でなんの問題もない。迷惑、とまでは言わないが、そこまでしてもらうのは申し訳なかった。

それに、ストーカーを家にあげるなんて前代未聞だ。何を仕掛けられるかわかったもんじゃない。

俺のそんな思いとは裏腹に、身体は正直だった。壁にもたれないと立っていられないほどに視界は歪《ゆが》むし、なにより熱い。自分の身体じゃないみたいだ。

倒れかかった俺をその細くて柔らかい腕で支えた加賀美は、「失礼しますね」とだけ言って俺をソファまで連れて行ってくれる。

しばらくソファの上で横になっていると、少し眠ってしまったらしい。ぼんやりとする意識の中で、周囲に加賀美の気配はない。あるのは、遠くで何か、食器を動かしているような音と、ふんわりと優しく香る梅の匂い。

「——てください」

優しい声だった。毎朝聞いている、癒される大好きな人の声。

「——起きてください」

右耳に囁《ささや》かれた声と、それと同時に吐き出された息が、俺の脳を溶かしていく。

どうやら今日は、左耳だけワイヤレスイヤホンが外れてしまったらしい。でもおかしいな、さっきイヤホン着けたっけ。そもそもイヤホンは今二階に置いているはずだ。だったらこの声は……。

「並木くん、起きてください」

「加賀美……？」

「はいっ、並木くんの愛する妻になる予定の加賀美さくらです♡」

またおかしなことを言っている。じゃあ今の声は、加賀美の声か？

スマホは食卓テーブルに置いてある。ソファからは少し離れた場所にあるし、あの場所からひらりんの声が流れてもあれほどはっきり聞こえるはずがない。じゃあやっぱり、今の声は加賀美の声だということになる。

「お粥作ったので、食べてください。お弁当のおかずでは消化が悪そうだったので、お母様には大変申し訳ないのですが、勝手にキッチンを使わせていただきました」

「いや、それは全然いいんだけど……」

加賀美の声、そういえばひらりんによく似ているな。普段から敬語だし、そこもひらりんと一緒だ。ひらりんオタクの俺ですら、判別ができないほどに似ている。

「加賀美って、良い声だな。推しと似てた」

「そっ、そうですか……？　照れますね、ふふっ」

頬を両手で包み込んで身を捩《よじ》る加賀美が作ったらしいお粥《かゆ》。梅の匂いの正体はこれか。

「その推しさんはどなたなんですか？」

「朧月《おぼろづき》ひらり。Vtuber だよ」

「並木くんに推してもらえるなんて、羨《うらや》ましいです。私も負けませんよっ！」

「はいはい」

まあ、声が似ているなんてよくある話か。そんなことで俺の気持ちがひらりんから加賀美に移ったりはしない。俺はひらりんしか愛さないと決めたのだから。

「並木くん、身体起こせますか？　何か食べないと元気出ないと思うので、せめてお粥食べてほしいんですけど……」

「うん、ちょっと寝てマシになった。ありがとう」

「それは良かったですっ。では、失礼しますね」

「……？　なにが」

そう言うと、加賀美はレンゲで掬《すく》ったお粥に息を吹きかける。そうして口の中を火傷《やけど》しないように温度を下げたものを、俺の方に向けて。

「あーん」

「え、ちょっ、待って」

「どうかしましたか？」

今あーんって言ったよな。まさかとは思うが、加賀美が俺にお粥を食べさせてくれるというのか。そんなことされたら困る。

「自分で食べられるから、大丈夫」

「ダメですっ。熱いですし、本当はまだ寝てないといけないはずですよね？」

「いや本当に大丈夫だって、もう熱も下がってきた感じするし」

だって、そんなことされたら。

「本当ですか？」

俺の言葉を疑った加賀美の顔が、俺に迫る。呼吸をすれば皮膚が吐息を感じ取れる距離まで近づいて、止まる。唇は二センチの空気を挟んで、鼻先は接触している。いきなりキ

スされるのかとヒヤヒヤしたが、おでこを合わせて体温を測っただけだった。だけ、というのも違う気がするが。

イマドキそんな方法で熱を測る奴はいないだろ、だから、離れてくれ。じゃないと……、好きになってしまう。

「まだ全然熱いじゃないですか、嘘はいけませんよ？　あっ……」

至近距離で目が合い、ようやく自分のしていることに気が付いたのか、顔を赤くした加賀美はお粥へと視線を移して。

「今日だけは、私を頼ってください。見返りなんていらない、ただ並木くんに元気で居てほしいだけなんです……」

「……わかったよ」

結局、お粥は完食するまで加賀美に食べさせてもらった。穏やかで優しい味だった。

「病院に行きましょう」

お粥を食べ終わり、加賀美の買ってきてくれた風邪薬を飲んで少し動けるようになってきた矢先だった。

もう少しすれば母さんが帰ってくるはずだし、母さんに車で連れて行ってもらう予定だった。そんなことはお構いなしに、加賀美は身支度を俺の分まで進めている。

「上着はこちらでいいですか？　暖かくなってきたとはいえ、今は身体を冷やさない方がいいですからね。ちゃんと着て行かないと」

「加賀美、十五時には母さんが帰ってきて、連れて行ってもらうから平気だよ。わざわざ看病しに来てくれたことには感謝してるけど、これ以上は申し訳ないし」

「平気です。私がしたくてしてることなので。病院には早く行った方がいいです、それに今日は木曜日でこの辺りの病院はどこも休診です。唯一開いている病院は十五時までなので、お母様を待っていては間に合いません」

どうやら周囲の病院を調べておいてくれたらしい。何から何まで、仕事のできるストーカーだ。いや、ストーカーだからこその情報収集力ということだろう。

「でも歩いていくのは、正直無理だと思う」

「大丈夫です。もうタクシーを呼んでいます。あと五分もすれば着くと思います」

「タクシー!?　そんなの、高いし乗ったことないぞ!?　俺のバイト代を当てにしているなら無理な話だからな!?　全部給料日にひらりんに貢いでるんだから」

すみれには散々バカにされる金の使い方だが、俺がそれで幸せなんだ。幸せならそれでオッケーだと誰かが言っていたし、妹にとやかく言われる筋合いはない。

「むぅ、その推しさんに嫉妬《しっと》します。並木くんにそれだけ愛情表現をされて羨ましいです。でも安心してください、私これでもアルバイトで凄《すご》く稼いでいるので」

「稼いでるっていっても高校生が稼げるバイト代なんてたかが知れてるだろ……」

「今月の並木くんのお給料の倍は余裕であるので平気です」

え、俺今月かなり頑張って八万稼いだのに？　というか俺の給料をなんでお前が知ってんだよ。

「どんなバイトだよ。怪しいことしてないだろうな？」

「凄く安全な上にちゃんと合法ですし、税金もちゃんと払っているのでご安心ください。それより、タクシー来たみたいなので行きましょう！」

窓の外には確かにタクシーが停まっている。本当に大丈夫なんだろうか、タクシーなんて乗ったことないから、料金の相場もよくわかっていない。病院行くだけで何万も請求されないだろうか。

タクシー代は千二百円と、意外と普通に払える額だった。それでもバスを使うより全然高いのだが……。

今は受付を済ませて、問診票を記入しているところだ。とは言っても記入しているのは俺ではなく加賀美。俺が書こうとしたら「病人はただ座っててください」と俺から問診票を奪ったのだ。

症状については俺が横から口を出し、加賀美に代筆してもらう。問題は住所など、個人情報の部分。

どうせもう家の場所はバレているし、全て話そうとしたのだが、加賀美に止められてしまう。

「これくらい知ってます、任せてください」

自信満々に言った加賀美だったが、住所だけでなく電話番号や血液型など、加賀美が知らないはずの情報がいくつもある。

なのに、なんで。

「なんで全項目埋められるんだよ」

しかも全部合ってるし。

「並木くんクイズなら私の右に出る人はいませんよ。お任せください」

「これクイズじゃないからね、問診票だからね」

問診票を書き終えてしばらく待っていると、診察室へと案内される。

診察室には医師と看護師の二人が待っていて、俺たちを見て不思議そうにしている。

それもそうだ、だって家族というには容姿だけで遺伝子が明らかに違うのがわかるし、俺たちは高校生なので夫婦にも見えるわけがない。

恋人の病院に付き添う、というのも高校生で平日の昼過ぎということを考えればほぼありえない状況だ。

「失礼ですけど、どういったご関係で？」

本来患者にこんなことを訊《き》くことはないのだろうが、どうしても気になったのか訊いてきた。どうやって答えるべきかと思案していると、俺より先に加賀美が口を開く。

「妻です♡」

「あ、違います」

こらやめろ加賀美、戸惑ってるだろ。その戸惑いは加賀美のような美少女が俺みたいな平凡な奴の妻をなぜ自称しているのかという部分から生まれたものだろうな。なんかムカつく。

俺たちの会話を苦笑いでなかったことにした医師は喉《のど》を診て、心臓の音を聞いて、いくつかの質問を重ねて、導き出された答えは……。

「風邪ですね、薬出しておきます。三日くらいで治ると思うので、無理はしないようにしてください」

無事に医師からただの風邪だとお墨付きをもらって、加賀美に強引に乗せられてまたタクシーで家まで帰ることになった。こいつの経済力はなんだ、家が金持ちとかそういう話は聞いたことないが、細かい所作や綺麗《きれい》な話し方などを見ているとお嬢様であってもなんら不思議ではない。

考えてもわからないし、本人に訊いても「私に興味がおありですか⁉　嬉《うれ》しいです、やっと私を妻にする気になりましたか♡」とか話がぶっ飛びそうなので黙っておくことにした。

「加賀美、お粥《かゆ》も病院も助かったよ」

「いいえ、私は並木くんに早く元気になってほしいだけなのでっ」

「うん、ありがとう。じゃあそろそろ……」

「だめですよ、元気になってきたからってゲームしたら」

「うん、しないしない。それよりそろそろ……」

「だめですよ、元気になってきたからって推しさんの動画観るなんて」

「わかってますわかってます、だからそろそろ……」

「そろそろ、……結婚ですか？」

「いや言ってねぇよ」

そろそろ帰ってもらわないと、大変なことになってしまう。だというのに加賀美は一向に帰るそぶりを見せない。このままでは……。

「ただいまー」

ほーら終わりだ終わり。母さんが帰ってきてしまった。

母さんがこの状況を見れば変に舞い上がって結婚の話が本当になりかねない。なにしろ加賀美は絶世の美少女なのだ。こんな嫁ができたら姑《しゅうとめ》としては鼻が高い。つまりは俺の意思など度外視で勝手に婚約されかねないという状況だ。

「加賀美、隠れて。母さん帰ってきた」

「どうして隠れる必要があるんですか？　きちんと挨拶《あいさつ》しないと失礼ですよ」

それはそうなんだけど、挨拶なんてしてしまえばもう取り返しがつかなくなる。

ドタバタと別に走っているわけでもないのにどうして母親の足音とはこうもうるさいのだろうか。

「へーくんちゃんと大人しくしてた？」

「俺は犬か」

「お邪魔してます、お母様♡」

あなたにお母様と呼ばせる筋合いはありません。

母さんは目を見開いて美少女ショックで固まるもしくは叫ぶ、のどちらかになると思っていたが、案外冷静なようで一切加賀美を見ても驚く様子がない。それどころか……。

「あらさくらちゃん、来てくれてたの！」

「はいっ、お母様はパートでお忙しいと思ったので、代わりに私が平太さんの看病をさせていただきましたっ！　キッチン勝手にお借りしてしまってすみません」

「いえいえ、学校もあるのに平気だったの？」

「大事な婚約者の危機だというのに呑気《のんき》に勉強なんてしてられませんからっ」

うんうん、二人とも仲がよろしいことでなにより。

「じゃなくて!!」

「「……？」」

いやいや、なんで俺が変なこと言ったみたいな流れになってんだよ。

「なんで普通に会話してんの！　普通息子の同級生の女の子が家きてたら、なに!?　彼女!?　みたいなイベント起こるだろ！」

「さくらちゃんとは何度か会ってるし、へーくんのクラスメイトで仲が良いって聞いてるもの。へーくん、さくらちゃんのこと、大切にしなきゃだめよ？」

「大切にしてくださいねっ♡」

ウインクされても大切になんかしないぞ、こっち見んな。

さすが加賀美だ、俺の母さんを手懐けることなんて容易だったらしい。外堀から埋めやがって、策士め。

キッチンで二人仲良く母さんがスーパーで買ってきたものを冷蔵庫に入れているのをソファから遠目に見て、ため息がこぼれた。

ひらりん、早く俺と結婚してくれ。じゃないとストーカーに家族が丸め込まれる。


認めたくはないがストーカーの看病のおかげで三日もすれば体調は元通りになり、土日を挟んで月曜日からまたいつもの学校生活が始まった。

いつもの、とは言ったが、そういえば今日から新しい学校生活が始まるのだったと思い出す。なぜなら、俺がいつも通り自分の席に着くと真っ先に俺のところへ女子がやってきたのだ。

「並木、おはよう」

猫のようなどこか怠そうな目付きで、座っている俺を見下ろしているのはつい最近友達になったばかりの八重。何を隠そう、八重は女子なのである。

「おはよう、八重」

まさか並で平凡なこの俺に、女子の友達ができようとは思いもしなかった。妹よ、お前が散々バカにしていたお兄は今、女友達と美少女のストーカーをゲットした。もう見下すなよ。……、それでいいのか俺。

「もう体調は大丈夫なの？」

「あーうん、なんとか。おかげ様で」

「私は何もしてないけどね。さくらが看病したんだって？」

頼んでないけど勝手に来たからね。

「並木は幸せ者だね、あんな美少女に看病してもらえるなんて」

「あー、まあ、そうだよな……」

加賀美が俺をストーキングしていることなど、八重はきっと知らないんだろう。親友がそんなヤバい奴だと知れば、八重だって加賀美と関わるのをやめてしまうかもしれない。

俺としては二人には仲良くしていてほしいし、黙っておくべきだ。ただ、八重は勘が良さそうだし、加賀美の普段の態度でバレてしまいそうだし、なんとか俺が尻拭《しりぬぐ》いをして二人の関係を崩さないようにしないと。

「お二人で仲良く話して、ずるいです……」

「どぅわ！　加賀美いつから居たんだよ！」

俺の席の足下から顔を覗《のぞ》かせている激ヤバストーカーは頬を膨らませている。嫉妬《しっと》しているのだろう、そんな表情は初めて見た。ストーカーなんてみんな嫉妬で何をしでかすかわかったもんじゃない種族だと思っていたが……そうか、俺の周辺にそもそも嫉妬の対象が居なかったからだ！　なるほど！　泣きたい。

「今来たところです。なにを話していたんですか？」

机の下から出てきた加賀美は首を傾げながら訊《き》いてくる。くそっ、可愛い。

「並木がさくらに看病されて幸せだーって話」

凄《すご》く誤解を招きそうな説明だな。

「まあ！　幸せだなんて思っててくれたんですね⁉　私、生きてて良かったですっ♡」

ほーらね。八重、お前のせいだぞ。

「でもでもっ、やっぱり並木くんには男の子のお友達も必要だと思うんです！」

「そう言われても今の俺にはちょっと荷が重いかな」

加賀美と仲良さげにしてると嫉妬されて嫌われるのがオチだ。

「どうしてですか？　並木くんは素敵なのできっと簡単ですよ！　諦《あきら》めずに頑張りましょうよ！」

「お前のせいだよ！」

一瞬の間を置いて俺の言葉の意味を理解したらしい加賀美は表情が明らかに暗くなる。

これは言い過ぎたか？　事実だけどわざわざ言うことではなかったな。八重からしたらよくわからないだろうし、ストーカーだとバレるかもしれない。申し訳ないことをした。

「そうだよ、さくらが並木のストーカーである限り男子の友達は厳しいでしょ」

いや知っとったんかい！

「確かに、私のせいかもしれません……。では、責任を取って私が並木くんの男友達を作ることに協力します！　というか元々紹介する予定でした！」

あなたが原因なのにあなたが協力してしまったら逆効果なのでは？

「具体的には何をするの？」

八重が俺の代わりに話を進めてくれる。最近加賀美という激ヤバ女の相手ばかりしていたせいで八重の常識っぷりが凄くありがたく感じられる。

「私の友人で今の並木くんにぴったりの方がいます。その人の性格からして並木くんと仲良くなれるかは賭《か》けになりますが、おそらく、大丈夫だと思います」

「ちょっと待て、そもそも俺がそいつと仲良くなりたいと思うかどうかが重要だ」

「安心してください、私のお友達に悪い人はいません！　なのできっと仲良くなりたいと思っていただけます！　つまり私が大好きな並木くんも、きっと彼に気に入られることは間違いないです！」

　お前さっきおそらくって言ってたじゃん。

「まあそこまで言うなら検討してみてもいいんじゃない？」

　八重がそう言うならまあ会ってみてもいいか。八重は常識人だし。

「わかったよ……。で、その俺の友達候補って誰なんだ？」

　加賀美の友達ならきっと陽キャなんだろうなと思うと少し荷が重い。俺は誰が見ても陽キャか陰キャかわからない微妙な立ち位置、並キャである自負がある。このクラスにおいてはそもそも存在が認識されていない可能性が高いから並キャや陰キャですらないこともあり得るのだ。

　そんな俺が陽キャと仲良くなれるか心配しかない。……見下されたりしないだろうか。

「同じクラスの高水準《たかみじゅん》くんです！」

「呼んだ？」

　まるで狙っていたかのようなタイミングで加賀美の後ろから現れたのは、男性アイドルグループにいそうな細身でミステリアスな雰囲気を纏《まと》うイケメン。

　もちろん高水のことは知っていた。加賀美と並んでこの学校の有名人で、男子の中では一番モテると言っていい。他人にそこまで興味がない俺でも教室で誰かと話している高水に視線を持っていかれることがある。

鋭く細いが涙袋と二重で小さくはない綺麗《きれい》な形の目、その下には女子を引きつけ過ぎて消し去ってしまうブラックホールのような役割を持つ泣き黒子《ほくろ》、ウォータースライダーかよとツッコみたくなる高い鼻、笑うと野球場のライトくらい輝く白い歯、どこに欠点があるんだこのイケメン。神よ、どうしてあなたはここまで人間に差を作るのでしょうか。

高水はただイケメンというだけでなく、加賀美と同様、当たり前のように全てにおいて完璧《かんぺき》な人間だ。

顔面はもちろん、運動、勉強、人間関係、高校生のカーストを決定する際に参考にされるステータスは軒並み、その名の通り高水準なのだ。

「なーんか謎メンで話してたから気になって来てみたら、ちょうど俺の話してたじゃん？気になるじゃん？　で、俺がここに生まれたってわけ」

おや？　こいつ陽キャのくせにあのネットミームで有名なネタまで履修しているのかよ、なんでもありじゃん。チート系主人公かよ。

高水の好感度が三十上がった。でも謎メンってなに。

「つーか加賀美って並木と仲良かったんだ、意外」

「仲が良い、というよりは愛を誓い合った関係で……♡」

「誓ってない」

「並木くんがいて私がいる、これはもう法律のようなものであって……♡」

「そんな国滅べ」

「簡単に説明すればアダムとイブのような、そんな関係なんです……♡」

「モブと変態の間違いだろ」

「ふふっ」

　俺と加賀美のやりとりを見て高水が吹きだす。陰キャというものは基本的に陽キャを警戒しているものだが、それは当然並キャの俺も同様で、高水を警戒していた。何もされないとはわかっていても、勝手に敵だと思ってしまう。そういうものなのだ。

　でも、陽キャが自分の発言で笑ってくれると、急に良い奴だと脳が勘違いして心を開いてしまう。不思議な現象だ。

「並木って意外と喋《しゃべ》るんだ、しかも面白いし」

「あ、まあ普通に喋るけど……」

「急に照れんなよ。さっきの感じで俺とも喋ってくれよ。友達になるんだろ？　仲良くやろうぜ」

え、やだなにこの人イケメ～ン。

最初から肩を組んできて距離感近めな高水に、鋭い視線で圧をかける加賀美。前途多難だ。


「並木、メシ食おうぜ」

昼休みになると、高水が弁当を持って俺の席までやってきた。

「へっ⁉　いいよ」

今日加賀美の紹介で初めて話したのに、もう一緒に昼飯を食う流れになるとは思わなかったので、声が裏返ってしまう。

「なんだよそれ、俺がメシ誘うのがおかしいか？」

「いやだって、他にも友達がいるんじゃないの？」

俺みたいに毎日一人で食べてるわけじゃないだろう。俺以外の仲良い友人なんて、高水ならきっと沢山いるはずだ。なのに、どうして俺と。

「まあいるけど、今俺が興味あんのは並木だからさ」

やめろ、惚《ほ》れてまう。

イケメンはどうせ顔だけでモテているのだと思っていた。YouTube の女子の理想の彼氏、みたいな動画のコメント欄で『ただしイケメンに限る』と送っているのは俺だ。

今日を境にもうコメントはしないだろう。だってイケメンだけが理由じゃない奴がここにいるんだもん。

「でも俺、そんなに面白いかな」

自覚はないし、あまり人に言われることもない。そもそも本当に面白いのなら加賀美が友達を紹介する必要だってなかったはずだ。加賀美も八重も高水も、俺を過大評価している。何か面白いことをしなきゃいけないだとか、期待されている自分を演じないといけない、みたいな使命感を懐《いだ》くタイプではないが、一度認めてくれた相手が自分に失望したらと考えると少し辛い。

「うーん、笑いのセンスとか、そういうのが並木にあるのかはまだわからないけど」

そう前置きをした高水は前の席の椅子を「ちょっと借りまーす」と言い持ち主不在をいいことに勝手に座って。

「少なくともあの加賀美に認められるほどの男だろ？　それって凄《すご》いと思うんだよ」

確かに、加賀美が男と話していると他の男子から嫉妬《しっと》されることになる。加賀美はおそらくそれを察している。その上で、わかっていても仲良くしようとするのは、加賀美なりのわがままなんだ。

あなたに迷惑をかけることになります、それでも、あなたと仲良くしたい。そう認めているようなもの。

「俺はほら、誰も文句言えないだろ？　だから加賀美も遠慮なく仲良くできる」

「自覚あるのか、清々しいな」

「まあね。東の工藤、西の服部、みたいなあれだろ、俺と加賀美って」

言い得て妙。だが自分で言ってて恥ずかしくないのか。

「俺も特定の女子と仲良くしたりしたら、その子が下手すりゃいじめられるんだよ。だから相手を傷付けない方法をとるしかない」

「それが、基本的に異性と関わらないようにするってことか」

「あー、違う違う。それは加賀美だよ。俺の場合は全員愛するってことだな」

「最低か！」

「あっはは〜、一夫多妻制ってやつだよ。合法だって」

「日本では違法だ！」

「調子出てきたじゃん、やっぱ並木おもしれ〜わ」

子供のように無邪気に笑う高水。その笑顔を見ていると、本当にいつか「この子が記念すべき百人目の妻！」とか言って紹介されそうで怖い。

「で、どうやったの？」

「……？　なにが」

一度周囲を見回した高水は、俺の耳元に囁《ささや》いた。

「あの加賀美をストーカーになるまで沼らせた方法だよ」

無駄に良い匂いだな。というか……。

「なんで知ってるんだ」

「見てればわかるよ。加賀美があれだけ一人の男子に固執するとこなんて見たことないぜ？　二人は二年になってから同じクラスだろ？　俺が知る限りそれまで接点はなかったはずだし、二人が仲良くし始めたのもつい最近なんだよ。一体いつどこでなにがあってそうなったのか、気になっててさ」

高水の言う通り、俺は高校二年になって初めて加賀美と同じクラスになったし、それまでは名前ととにかく可愛いというカスみたいな情報量しかなかった。

二年になってもそれはほとんど変わらず、一年の頃に比べると同じクラスになったことである程度名前と顔が定着して、顔以外も完璧だとわかっていった。

それは、俺が暇すぎて教室内で本を読んでいるフリをしながら一方的に知った情報。加賀美は話したこともない俺のことを知るわけがない。名前と顔と、教室でもほとんど話す相手がいないということくらいだろう。

「どうなんだよ、教えてくれよ。別に取ったりしねーって」

「いや、むしろどうにか取ってほしいくらいなんだが、本当にわからないんだよ」

「そんなわけないじゃん、何かキッカケがあったんだろ？　並木に一目惚《ひとめぼ》れしたとは思えないし」

「失礼だろ、ないだろうけど」

「愛あるイジリだって。本人に訊《き》いたことねーの？」

「なんか愛がどうのこうのって誤魔化されたな」

「ふーん、理由は明かせないってことか。……じゃあそれを解き明かすことを俺の暇つぶしにしようかな」

いつの間にか食べ終わったコンビニ飯のゴミをまあまあ距離のあるゴミ箱に一発で投げ入れて立ち上がった高水は、新しいおもちゃを買ってもらった子供のような笑顔で。

「昔から何やっても人よりできたんだよ」

「なんだ、自慢か？」

「そうそう、自慢。だから人生がつまんねーんだよな。だからこの俺をもってしても理解できない謎はワクワクするんだよ。これからしばらくは退屈せずに済みそうだ」

「他人事《ひとごと》だと思って……」

どうしてだろう。真面目に訊いたら加賀美は答えてくれるんだろうか、俺をストーキングする理由。

＊

「配信の最後ですが、ここで皆さんにお知らせです！」

毎週決まった曜日、決まった時間の配信活動。沢山のリスナーに応援してもらって、高校生ではあるもののお給料もいただいている。立派なお仕事だし楽しいけれど、辛いと思うことももちろんある。

見知らぬ人からの誹謗《ひぼう》中傷に何度も傷ついた。私は比較的アンチがいない方ではあるけど、多い人はもっと苦しい思いをしているのだろう。だけど、続けられるのはもちろん楽しいことだってあるからで、誹謗中傷を埋めてしまうほどの沢山の応援コメントにいつも助けられていた。

いつも真っ先にコメントしてくれて、デビュー間もないころからずっと私を支えてくれている凡太さん。彼はいつも私のどんな些細《ささい》な変化にも気付いてくれて、心配してくれて、応援してくれる。

　住んでいる所も、どんなお仕事をしている人なのかも、顔も本名も年齢も性別も、何も知らない彼のことを、いつからか心の支えのように感じていた。

『お知らせ⁉』

『冬だし、冬用の新衣装か』

『いいや、彼氏ができましたとかだよ』

『ひらりんが俺たちを裏切るわけないだろ！』

　沢山いただけるコメントの中でも、凡太さんのコメントにはすぐに目がいった。

『ひらりんのお知らせを聞くために今日まで生きてきた』

　また意味のわからないことを言っている彼が、面白かった。

「ふふっ、皆さん不正解です！　実はもうすぐ、私の所属する事務所ふらわーらいぶの主催する大型イベントの開催を予定しています！　ぱちぱちー！」

『おお』

『行きたいけど場所によるな、都内だろうな……』

『もちろんひらりんは出るんだよね？』

「ふっふっふー、皆さん落ち着いてください。私はもちろん、ふらわーらいぶに所属するライバーは全員参加が決定しております！」

『ぱちぱちー』

『ひらりんのイベント参加って初めてでは？』

『ひらりんは現役高校生だから学業優先なんだよ』

「うんうん、そうですね。私はデビューからまだ一年も経っていませんし、事務所からも学業優先と言われていますので、こういったイベントへの参加は初めてです！」

　今回も本当は出るつもりはなかった。私が住んでいるのは兵庫県で、イベントを開催するとなれば遠征が必要になる。

　まだデビューして間もないので先輩ライバーほど経済的余裕もなければ、知名度と人気もない。それでもようやくイベントに参加できるだけの人気と知名度を得た。これでようやく、私を支えてくれるファンの方々に直接ご挨拶《あいさつ》できる。とはいっても、顔を出すわけではないので直接というのも変な話だ。

「場所は東京、日時は未定なので、また決まれば皆さんにご報告いたします！　それでは今日もご視聴、ありがとうございましたっ！」

『おつひらー』

『ひらりんまたねー』

『今日も推しの声が聞けて幸せでした』

配信終了のボタンをクリックして、同時に息を吐く。

今日も皆さんを楽しませることができただろうか、私の配信で一人でも多くの人が楽しんでくれていれば、嬉《うれ》しいな。


それからイベントの日が公開されて、私はその日に向けて心の準備を整えていく。

楽しみがどんどんプレッシャーに変わっていって、リアルのお友達にも元気がないと言われてしまった。

いつもは画面の向こうに約一万人がいる状態で配信をしている。会場のキャパを考えれば大きく差があるわけじゃない。

だったら、今更なにを気にすることがあるのか、そうやって開き直ろうとしても、気持ちはついてきてくれない。そのまま緊張を膨らましながら、とうとうイベントの日の前日になる。

昔から憧《あこが》れだった夜行バスを希望して、両親には反対されたけれど私が引き下がらないのが珍しかったのか、意外とすんなりとお許しが出た。予約サイトで女性安心と表記されている、男性と隣り合わない制度のバスを予約した。なのに――。

「ごめんね、人数の都合でお隣が男性になっちゃうんだ」

「そう、ですか……」

約束と違う！　でもサイトをよく確認すると下の方に小さく注釈で絶対ではない、みたいな引っかけ文章が記載されていた。

確認を怠った自分のミスでもあるし、ここは大人しく受け入れよう。隣が男性だと少し緊張するけれど、別に何もされないだろうし……。

「よろしくお願いします」

席に向かうと既に窓際に座っていたお隣さんに挨拶をして席に着く。歳は私とあまり差がなさそうな男の子だった。

彼は軽く会釈をしてから、スマホに目を移した。その時少し画面が見えてしまって、そこに自分のもう一つの姿が映っていることに驚愕《きようがく》する。

まさかのリスナー。……正体がバレないようにしなければいけない。

この人も同じバスに乗っているということは向かう先はイベントが行われる東京だろう。じゃあ、ふらわーらいぶのイベントだろうか。私の配信観てるし……。

メイクをしていないし、寝顔を見られるのは恥ずかしいからマスクをしてきたけれど、顔を隠すのにも一役買ってくれそうだ。顔バレはしていないけれど、何がきっかけで正体がバレるかわからない。警戒しておこう。

数分すると、運転手さんのアナウンスがあってから出発する。

車内は真っ暗になって、布の擦れる音と遠くに聞こえるエンジン音、時々小さな段差を跳ねる衝撃だけが感じられる。

イベントの緊張も、念願の夜行バスへのワクワクで誤魔化せた。

まるで修学旅行みたいだと眠る準備も万全なのに眠らずワクワクしていた。でも、そのワクワクも徐々に吐き気へと変わっていった。

そうだった、私、乗り物酔いするから酔い止め飲まなきゃいけないんだった。イベントへのプレッシャーも相まって、普段よりも症状が早く出た。

急いで手荷物の中からポーチを取り出そうとすると、手荷物の中に酔い止めを入れたポーチがないことに気付く。

どうやら、キャリーバッグの中に入れてしまったようだ。

仕方がない、休憩の時間が来るまでは耐えて、運転手に言って取らせてもらおう。そう考えても、どんどん冷や汗が流れて、気分も悪くなる。

せめてエチケット袋があれば、でも、こんな静かな車内で吐いてしまったら、乗ってる皆さんに迷惑が掛かってしまうし、隣の人なんて臭いまでするだろう。そんなの、恥ずかしいし申し訳ない。

どうしよう、私が夜行バスに乗りたいだなんてワガママを言わなければ、ポーチを入れ間違えなければ、プレッシャーに負けていなければ……。

「……大丈夫ですか？」

車内の私だけに向けられた小さな声。隣の男の子だ。

前屈みになって息を荒くしている私に気付いてアイマスクを外した彼は、心配そうでありながら、声をかけてもいいものなのか不安そうにも見える表情で。

私は上手く声を出すこともできずに、首を横に振った。

「乗り物酔い、ですか？」

小さく頷《うなず》くと、彼は自分の手荷物から薬を一つ取り出して、差し出した。

「これ、酔い止めです。飲んでください。あっ、お節介だったらすみません……」

私が普段飲む酔い止めと同じものだった。怪しくない、ただの善意だとわかる。

彼が手荷物から取り出したその酔い止めは一錠しかない。おそらく、彼の帰り用に取っておいたものだろう。それを見ず知らずの私のために、差し出してくれている。

遠慮しなきゃいけない場面なんだろうけど、そんな余裕はなくて、ありがたく受け取ることにした。車内で吐いてしまっては、それこそもっと迷惑をかけることになるんだし。

彼は私の前のドリンクホルダーから水を取り、蓋《ふた》を開けてから渡してくれる。

「ありが……とう」

敬語で話す余裕もなく、薬を受け取った水で流し込む。

「休憩まであと一時間くらいあるんで、しっかり休んだ方がいいです。俺の後ろ誰もいないんで、椅子全部倒せますし、代わりますよ」

彼は私が遠慮することもわかっていたのか、返事をする前に席を立ち、私の手を取って移動を促した。もうこうなったら、とことんまで甘えてしまおう。今のままだと一時間も耐えられる気など到底しないし、後でちゃんとお礼をすればきっと許してくれる。彼の優しい声色が、そう思わせてくれた。

「お腹を、摩ってもらえませんか……？」

幼い頃、ピアノの発表会の前日に今回のように緊張で気分が悪くなることが何度かあった。そんな時はいつも、お母さんがお腹を摩ってくれた。すると不思議なことに、気分の悪さがきれいさっぱり消える。限界だった私は、見ず知らずの人にも同じことをしてもらおうとお願いしていた。

「……わかりました」

彼は嫌な顔一つせずに、仰向けになった私のお腹を摩ってくれる。その優しい手つきが、なんだかお母さんに似ていて、凄《すご》く安心できた。

「頑張ってください」

静かで暗い車内で、誰にも言い出せずに困っている私を見つけてくれた。助けてくれた。

なんとお礼を言えばいいのか。

気付けばイベントのプレッシャーも和らいでいき、私は眠ってしまった。


「起きてください」

声をかけられて目を覚ますと、どうやら休憩の時間になったようで、オレンジ色の電気で車内が少し明るくなっていた。

「一度外に出ましょう。酔い止めはもう効いてると思うけど、気分転換はしておいた方がいいと思います」

「はい」

彼に言われるがまま立ち上がって、バスを出て冷たい空気に触れて気付く。お腹だけが、温かい。服の上から手を当てて、彼がこの一時間ずっと、私のお腹を摩っていてくれたのだと察した。

自分だって寝たかっただろう、ずっと摩るのは疲れただろう、それなのに、ずっと。

「ちょっと座っててください」

「はい……？」

彼はサービスエリアに併設されているコンビニに走っていき、三分くらいでまた走って戻ってきた。

「はぁ、はぁ。これ、よかったらどうぞ」

袋の中を確認すると、梅干しとコーラと炭酸水が入っている。どういうラインナップだろうか。

「今調べたら、炭酸には胃の不快感を無くす効果があるみたいです。カフェインには自律神経を整える効果があるみたいで、同時に摂取できるのがコーラらしくて。でもコーラ苦手だったらと思って炭酸水も……、でもコーラが苦手なら理由は炭酸か……。あっ、あと梅干しもなんかいいらしいです」

「ふふっ、なんかって」

梅干しの説明だけ急に雑だなぁって、面白い人だなぁって。

「よかった、笑える元気が戻って。俺も乗り物酔いよくするから、心配で」

「本当に、ありがとうございます」

改めて、立ち上がって深く頭を下げる。こんな素敵な人が、私の配信や動画を観てくれているなんて、凄く光栄なことだ。

それに、イベントにもこんな人が来るんだと思うと、なんだか緊張も和らいでいって。

「あ、やばっ、休憩時間終わっちゃいます。行きましょう」

「はいっ」

バスの方へ走る彼のポケットから、ラバーストラップがひらりと揺れ落ちる。ラバーストラップはスマホか何かについているのか、地面に落ちる前に跳ねてぶら下がった。

それは私の、朧月《おぼろづき》ひらりの、デビュー間もない頃に限定十個で販売されたもの。それを持っている人を、私は普段のコメント欄から大体把握していた。

「凡太さん……？」

彼には届かない小さな声で呟《つぶや》いた。彼はこちらを振り返り、不思議そうに首を傾げて。

「ほら、急ぎましょう！」

「ふふっ、はいっ！」

後に高校二年生になった時、私は彼とクラスメイトとして再会した。運命だと思った。

でも彼は――並木くんは、私のことを憶えていなかった。

だって彼の中には、朧月ひらりがいる。どうしようもないくらいに、ひらりのことを愛している。それはもちろん嬉《うれ》しい。朧月ひらりは、私だから。でも違うんだ。

「並木くん、今日も素敵ですっ♡」

「はいはい……、あのさ、なんで俺なの？　他にもっとイイ男いるだろ」

「何を言ってるんですか！　並木くんがこの世界で一番素敵な男性です！」

「いやだから、なんでって。キッカケとかあったか？」

「ありましたよ。ずーーっと前から、運命の赤い糸で繋《つな》がっていました♡」

「またなんか言ってるよこの激ヤバストーカー」

「酷いです！　本当のことですからね！」

「はいはい……」

　並木くんには、私たちが昔出会っていたことは伝えていない。夜行バスの行き先や日時から、私の正体がバレる可能性があるからだ。並木くんが凡太さんなら、ネットでの情報収集能力に長けていることは知っている。

　私があのバスに乗っていたと気付かれれば、もしかしたら私の正体を彼なら摑《つか》んでしまう可能性がある。

「このままじゃ俺の貞操が激ヤバストーカーに脅かされる……、早くひらりんに救ってもらわないと！」

「ちょっと、並木くーん！　逃げないでください！」

きっと並木くんは、私の正体がひらりであることを知れば私のことも好きになってくれるだろう。でもそれじゃあダメなんだ。

私は、本来の私を好きになってほしい。朧月ひらりの中の人としての私ではなく、ただの加賀美さくらを、愛してほしい。

だから今日も彼に好きになってほしくて彼を――、ストーキングするのだ。

## 三話

# モブにもモブなりに辛い過去はあるし、加賀美さくらにもヤバい一面がある。

いつか加賀美《かがみ》が俺のバイト先に来た時に買っていたグミを十二個買った。これには理由がある。

そもそも人がコンビニで同じお菓子を大量に買う理由には二種類あるが、そこから説明した方がいいな。

一つ目は普通にそのお菓子が好きで大量買いをするパターン。そしてもう一つは……。

「以上十二点で二千五百九十二円です」

心の中ではたっか！　と叫んでいるが、それを表情に出さないように平然と会計を済ませる。バイト先のコンビニでも取り扱っている商品だが、普段全く行かないコンビニでの買い物だ。

この買い物の目的は大量のお菓子ではない。本来の目的の物はバイト先でも手に入るが、大量に要らないお菓子を買ってまで手に入れようとしていたら同僚に引かれてしまうから、こうしてわざわざ普段行かないコンビニに赴いたというわけだ。

「こちら、購入特典のシールです」

「どうも」

そう、これだ。セボンイレボン限定、ふらわーらいぶの所属V限定シール。

全三十種、ランダムで所属Vの誰かのシールが当たる。ひらりんは人気メンバーなので通常版とシークレット版の二種類あるらしい。もちろんランダムなのでひらりんが当たるまで買う予定ではあるが、バイト代にも限界はある。ひとまずは六枚手に入れて、それでも当たらなければ買い足そう。

戦地から帰還する兵のように堂々とした態度で、これ以上ないドヤ顔でコンビニを出ていく。

まずは一枚目、出たのは……。

「うぉっ⁉」

思わず変な声が出てしまうのも仕方ない。まさかの一発目からひらりんが出たのだ。

これは通常版だが、それでも素晴らしい輝きを放っている。出だしは好調。勢いこのまま次に狙うもう一種は、人気メンバーだけに与えられるシークレット版。

シークレットとは言いつつも、背面にプリントされているシルエットだけでそれがひらりんだと俺には簡単にわかる。なにしろ俺はひらりんの未来の旦那《だんな》になる男だからだ。

「二枚目……！」

そう上手くはいかないのがランダムのグッズ開封。ひらりんは出なかったが、ひらりん以外のシークレット枠の内の一枚だった。

まあ当たりだが、俺はひらりん一筋だ。ひらりん以外は必要ない。

「三枚目……！」

おっと、なんということでしょう。二枚目で出た夏風ヒマワリのシークレットが、早くもダブってしまった。

ヒマちゃんはかなり人気だし、ひらりんより登録者は多い。でも、違うんだ。

「四枚目……！　嘘だろ……」

ヒマちゃん。違う違う、そうじゃ、そうじゃない！

「五枚目！　はぁ!?」

また夏風ヒマワリ。そんなはずはない。だって夏風ヒマワリは人気メンバーで、更にこれはシークレット版。そう簡単に手に入る代物ではないんだ。

全三十種の内の一枚、単純に計算すれば三十分の一。だが狙っているのはシークレットなので通常版よりも遥《はる》かに難しい一点狙い。もちろんそう簡単に当たるとは思っていない。

だが、こうも同じレアリティである夏風ヒマワリのシークレットが当たるなら、一枚くらいひらりんのシークレットも当たってくれてもいいのではないだろうか。

「ふぅ……、六枚……目!!」

「で、その大量のグミと同じシールがアホみたいにあるわけか。やっぱ面白いな、並木《なみき》」

学校に着いて意気消沈している俺を見て事情を聞いた高水《たかみ》は、ケタケタと嬉しそうに腹を抱えて笑う。

「何が面白いんだよ。こっちはわざわざいつもより三十分早く家を出てまでこのグミを買いに行ったっていうのに……。なんだよこのグミ、ハードすぎて顎《あご》割れるわ」

「しょうがねぇな、一緒に食ってやるよ」

「ありがとう」

「つーか別にグミ全部食わなくてもいいんじゃね？　時間かけてゆっくり食えばいいし、なんなら目的はシールなんだし、捨てたって……」

「バカやろォォォォォォ!!」

「びっくりしたー、急に叫ぶなよ。つーかなんつー顔してんだよ、めっちゃ面白いぞ」

俺のポリシーで、特典が目当てとはいえ付属のお菓子は残さない。ひらりんはシールになることでこのグミの売り上げに貢献している、つまり、この付属のグミを食べないということは、ひらりんを裏切ることになる。

「捨てるなんて言語道断！　いくら付属品とはいえ、食い物を捨てたら俺は胸を張ってひらりんの隣に立てない！」

「付属品はシールだけどな」

「並木、朝からうるさいね」

いつもより早く家を出たことで早く学校に着いた俺と、いつもギリギリなのに時計を見間違えて早く来てしまった高水。そして偶然でもなく普通に早い八重《やえ》が登校してくる。

登校中に着けているのだろうヘッドホンを首にぶら下げた八重は、俺の机の上を見て勝ち誇った笑みを見せる。

「私はもうひらりん、コンプしたよ」

「ダニィ!?」

「シール三つ分だけ買ったら当たった」

そう言いながら鞄《かばん》から俺が喉《のど》から手が出るほど欲しているひらりんのシールを二種類出してピースした。

三つしか買ってないのに当たるなんてなんて幸運だ、とも思ったが、よく考えれば俺は六つ開封してシークレット五枚。俺の方がよっぽど幸運だ。全部夏風ヒマワリだが。

「通常版のひらりんと、シークレット版のひらりん、あと一枚は通常版の夏風ヒマワリちゃんが当たった」

「お前、こんなところにもいたのか……」

ふらわーらいぶのファン数が一番多いのは圧倒的に夏風ヒマワリだ。でも、俺が求めているのはひらりんただ一人。

「八重、これよかったらいるか？」

夏風ヒマワリのシークレット版シール。俺は五枚持ってるし、もう必要ない。そもそもひらりんを二種類手に入れたら撤退するつもりだったし、一枚だって必要ないんだ。なによりひらりんに浮気《うわき》してると思われたら困る。

「え、いいの？　これ、一番人気だよ？」

「知ってるよ。でも俺の心はひらりんだけに捧《ささ》げているし、……五枚出たから」

「五枚⁉　並木一体いくつお菓子買ったの⁉」

「十二個」

「信じられない、六つ中五枚シークレットだなんて……」

本当、俺も信じられないよ。あのセボンイレボンだけでシークレット抱えすぎだろ。

「でも全部並木にとっちゃハズレなんだろ？　本当、不憫《ふびん》で面白いな、はははっ」

「高水テメェ」

思えば、少し前までこうやって友達と一緒にお菓子を食べたり、からかわれたりすることなんてなかった。

二人と仲良くなれたのは紛れもなく加賀美のおかげなんだよな。このグミ好きだって言ってたし、加賀美にやるか。

「今、私のことを考えましたね？」

「うぇ!?　いきなり現れるな！」

八重の背後からにゅっと生えてきた加賀美は嬉《うれ》しそうにニヤニヤと笑ってから、俺の机に置いてあるひらりんのシールを見る。

「これは……、並木くんの推しさんですね？」

「そうそう。加賀美、このグミ好きだって言ってたよな、あげるよ」

「まさか、私のために買ってきてくれたんですか!?♡」

違うけど、恩返しをしたいと思っていたのは事実だしな。

「もうそれでいいや」

「嬉しいですっ♡　とうとう並木くんと相思相愛に……♡」

「グミあげただけなんだが」

なんでこいつこんなに頭おかしいんだ。でも加賀美の頭がおかしいおかげで惚《ほ》れずに済んでいるのは助かっている。正直、普通に好意をアピールされたらいくらひらりんがいるとはいえ俺の決意が揺らぐ可能性は高い。美少女だし。

「つまり、お菓子を二つ買えば並木くんの推しさんのシールがもらえる、でもそれは全部で三十種類あって、誰が当たるかわからない、ということですね」

「そっ。だから並木はとりあえずグミ十二個買ったのに、いきなり五枚ダブってるってわけ。ぷっ、おもしろ」

「高水テメェ」

事情を知らない加賀美に高水が説明すると、加賀美がスマホで何かを確認して。

「だったら今日の放課後、みんなでコンビニを巡りましょう！　グミなら私も食べますし、お友達に食べてくれる人もいるので余ったら配ればいいですし！　……どうですか？」

加賀美と二人ならうっかり惚れてしまう可能性があるし断っているところだが、みんなで、ということならありかもしれない。

放課後に友達と遊びに行くというイベント、高校生になってからはしたことがなかった。少し、憧《あこが》れていたんだ。

「私は二十時までに帰れたらいいよ」

「俺は別に用事ないし、面白そうだし付き合うよ。どうする並木？」

「……行く。俺も二十時までには帰らなきゃだけど」

ひらりんの配信が始まる時間だ。遅刻するわけにはいかない。八重もそうだろう。

「やったぁ！　楽しみですっ♡」

俺の好きなもののために、友達が付き合ってくれる。オタク趣味を、陽キャの加賀美と高水がバカにすることもなく肯定してくれている。

陽キャがみんな、敵ってわけじゃなさそうだ。


「というわけでやってきました一店舗目！」

「なんで学校近くのセボンじゃだめなの？」

俺がバイトしているコンビニを避けて、わざわざ違うコンビニまで来たのを不思議に思った八重が訊《き》いてくる。

「あのコンビニは並木くんがアルバイトしているので、並木くんは恥ずかしいんじゃないでしょうか？」

「俺が説明する前に言うのやめてもらえる？　それに、人気だから売り切れが早いだろ。

いくつも巡る可能性が高いからな」

わざわざ学校近くの学園都市駅から電車に揺られて二十分ほどで着く神戸市最大の都市、三宮。ここならセボンイレボンはいくつもある。ひらりんのグッズを買いに出る時に利用することが多いが、まさか放課後に友達と来るとは思わなかった。

「さっそくグミを買いに行きましょう！」

「れっつごー、俺が当てたらフリマアプリで出品するわ」

「高水テメェ」

俺たちはそれぞれ二つずつグミを買い、一枚ずつシールをゲットする。

「じゃあまず私から」

先陣を切ったのは八重。中身に傷をつけないように袋の端っこから切ると、中身のシールが顔を出す。

「おっ、いきなりだ」

「ひらりーーーーーーーーーーーん!!」

まさかの一発シークレットひらりん。でも八重だってひらりん推しだ。一枚持っているとはいえ、もらえない。

「良かったな……、俺の分まで大事にしてやってくれ……」

「そんな落ち武者みたいにならなくても、あげるよ」

「何言ってるんだよ、保存用、観賞用、スマホカバーに入れる用で三つ必要だろ⁉」

オタクなら当然の心得のはずだ。だから貰《もら》うとしてもひらりんに興味のない加賀美か高水からだとばかり……。

「でも私はもう一枚持ってるし。こういうのって開封するのが目的みたいなところあるでしょ。そうだね、これは布教用かな。並木にシークレット版ひらりんでしか味わえないイラストの良さを味わってほしいから」

「八重……、お前ってやつぁ……」

冗談とか演技でもなく普通に涙が溢《あふ》れる俺を見て高水が爆笑している。

「泣くほどかよ、そんなにひらりんって面白いんだなー、……あれ、これひらりんじゃね？」

爆笑しながらいつの間にか開封を始めていた高水が、八重に続いて出したシールは、シークレット版ひらりん。

「ひらりーーーーーーーーん‼」

「あ、これ絶対叫ぶんだ」

「じゃあ次は私ですね！　えいっ。あっ！　私もです！」

「ひらりっ……！」

俺の発作は八重の手によって塞《ふさ》がれる。

「嘘だろ……、通常版の方が出ないじゃん」

八重、高水、加賀美、三人続けてシークレット版ひらりんを当てて、残すは俺だけ。この流れは今朝の夏風ヒマワリと同じ。つまり……！

「シークレットは連鎖する!!」

袋からシールが出るのが、やけにスローに見えた。シールは正方形で、シークレットのみ縁にはダイヤがちりばめられたような銀色の加工がされてある。そして、その中心にキャラクターがいて、右上にはそのキャラクターの名前が書かれてある。今俺がスローに見えているシールは、縁が銀色。もう少しで名前が見える。名前を見るよりも先に、ひらりんなら着物の袖《そで》が見えるはずだ。シークレットは全部で四種。四種に選ばれたのはふらわーらいぶでも人気の四人。その内一枚が俺の最推し、ひらりん。さあ、どうだ!!

「えーっと、俺詳しくないけど、これは並木の推しじゃないよな？」

容赦のない高水に、八重は引き笑い。加賀美は高水に「これ以上並木くんをいじめないでください……、オーバーキルです……」と俺と一緒に嘆いてくれている。

「夏風ヒマワリ。君の封入率はどうなってるんだよ……」

六枚目の夏風ヒマワリ、シークレット版。別にヒマちゃんを嫌いなわけじゃない。ただ、さすがに出すぎではないだろうか。

「まあまあ並木くん、別にお目当てのひらりさんは手に入るんだからいいじゃないですか」

そう言って俺に差し出された三枚のシール。加賀美、八重、高水、それぞれが一枚ずつ、俺にシークレット版ひらりんをくれようとしている。

「俺は別に要らないし、みんなで開けるの楽しかったしな」

「私も一枚あればいいかな」

「私は並木くんが喜んでくれることが嬉《うれ》しいのでっ♡」

「みんな……」

三枚のシールを受け取って、その場で俺は床ソムリエの如く、土下座する。

「クソお世話になりましたァ!!　この御恩は一生……!!　忘れません!!」

「あ、そのセリフは俺でも知ってるわ」

「恥ずかしいからやめなよ」

「結婚してくれたらいいですよ♡」

加賀美だけさらっととんでもないこと言ってるけどスルーの方向で。

「よし、じゃあ目的は達成したし、遊びに行こうぜー」

「いいですね！　どこ行きましょうか」

「グミでお腹いっぱいだから食べる以外で」

当たり前のように三人は俺に背中を向け、遊ぶ場所を求めて歩いていく。俺が、放課後にみんなと遊ぶのか。そんな陽キャの仲間入りをしていいのか、並キャのこの俺が。

「なにやってんだよ並木、早く来いよ」

「シークレットひらりんゲットして腰抜けちゃったの？」

「結婚ですね♡」

加賀美さん、ちょっと今感動してるところだから黙っててもらえますかねぇ。

「今行くよ」

三人の背中を追いかけて走っていく。まさかこんな陽キャの中に俺がいるなんて、思いもしなかった。中学時代の俺は想像もしていないだろうな。

「どうする？　並木はどっか行きたいとこないの？」

「行きたいとこ……、思いつかないな……」

高水がわざわざ訊いてくれてるのに、ろくに気の利いた返事もできない。やはり俺は並キャだ。

「ほら、普段行くところとか言ってみろよ」

「オタモールとかかな」

「なにそれ」

「並木、あの建物の正式名称はそれじゃないから、非オタには伝わらないよ。正しくはサンモール。オタクがよく行く店が多いからそう呼ばれてる」

俺の発言に補足を入れてくれる八重。八重も別に陰キャには見えないのに、ちゃんとオタクを理解しているんだよな。

「ふーん、じゃあそこ行ってみる？」

「え、でも非オタが行ってもつまんないんじゃないのか？」

アニマートやスイカブックス、カードショップやおもちゃ屋なんかが並んでる場所だ。正直加賀美や高水が楽しめるとは思えない。

「いいじゃん、並木が普段行くところ興味あるし。俺だって意外とアニメとか観るぜ？」

「え!?　高水が!?」

「意外だろ、結構観るぜ」

自信ありげに笑った高水は続ける。

「ゴラゴンボールとか、ツーピースとか」

「なるほど。うーん、まあ、うん」

「なんだよ」

　確かに立派なアニメだし伝説的な有名作品だけど、そうじゃないんだよ高水。きっと好きなアニメでそこをあげる奴がオタモールに行くと、オタクとの戦闘力の差でスカウターが爆発しちゃうんだ。

「私はあまり詳しくないですけど、並木くんが好きな物は好きになりたいので行きたいです！」

　加賀美、やめてくれ。惚《ほ》れてまう。

「まあいいじゃん、行ってみようぜ。っと、その前にぼなペティー寄ってかね？」

「いいですね！」

「あー、甘いの飲みたい」

　ぼなペティーは若者をターゲットにしたオシャレなカフェで、陰キャの俺では入りにくいお店だ。

　ぼなペティーにビビりながらも三人の後ろに同行し、しばらくするとガラス越しに店内が見えるお洒落《しゃれ》空間が見えてくる。

　レジの行列は店の外に出そうな勢いで続いていて、レジ前はかなり混み合っている。

「混んでるみたいだし、俺は外で待ってるよ」

混んでることを言い訳に、ぼなペティーから逃れるように仕向けるが、それを察したのか高水は嘲笑《あざわら》うような表情で。

「並木、ビビってんの？」

「はい。だから勘弁してください」

「ははっ、正直な奴。いいよ、俺買ってくるから待ってろよ。加賀美、四人分持てないから手伝ってくんね？」

「もちろんです！　さっちゃんはどうする？」

「私も待ってるよ。後でお金渡すからいつもの買ってきてくれる？」

「うんっ！　並木くんには私がオススメのものを買ってきますね！」

「ああ……、ありがとう」

加賀美と高水が並んで店内に入っていく。あの二人、並ぶと本当に絵になるな。

「並木、無理してない？」

気遣って一緒に待ってくれている八重が心配そうに訊《き》いてくる。加賀美と高水からは明らかな陽の空気を感じるが、八重は多分根がこちら側なのだろう。だから、今の俺の気持ちを深く理解してくれる。

「大丈夫だよ。俺、こういうのちょっと憧《あこが》れてたんだ。でもぼなペティーはまだハードルが高かったみたいだ」

「ふふっ、わかる。私もさくらに連れてきてもらわなかったら、絶対行かなかった」

やっぱりそうか。八重は天真爛漫《てんしんらんまん》な加賀美と一緒に居る時間が長い。影響されて陽キャの行動にも慣れているが、根は陰キャなんだ。

「八重とは、なんか落ち着いて話せるよ。似てるなって感じるんだ」

「なに、口説こうとしてる？」

「そんなわけないだろ、だって俺の心は」

「ひらりんに釘付《くぎづ》けだもんね」

俺が言おうとしたことを先に八重に言われてしまった。その瞬間、驚いて八重に目を向けると目が合う。何が面白いのか、二人して笑ってしまって。

「あれ、並木じゃね？」

聞き覚えのある声だった。どこかで聞いた気のする声の主は、俺の顔を覗《のぞ》き込んで、その後に隣で壁に背を預けている八重に目を向けて。

「なに、彼女？　……そんなわけないか」

「島田……」

島田加奈《かな》。中学の同級生だが、ただの同級生ではない。俺にとっては中学校生活に大きな影響を与えた人物。

「なに、加奈の友達？　……には見えないけど」

島田の後ろには、三人の陽キャがいて、中学の頃から変わらずチャラい友達とつるんでいるようだ。

「友達っていうか、知り合い？　オナチュー」

オナチューってなんだ、なんかいかがわしく聞こえるんだが。

「ふーん、こんな陰キャと加奈が友達なわけないよな」

ギャル男が言う。普通それ俺の前で言うか。別に陰キャが悪いことだとは全く思っていないが、なんかバカにされてるみたいで腹立つな。

「当たり前じゃん。ただコイツに告られたってだけ」

「まじかよ！　身の程知らず過ぎ！」

俺をバカにする失礼な態度に腹を立てていたのは俺だけではなかったらしい。八重が俺の前に出て、島田を睨《にら》みつけた。

「なに？」

「わざわざ告白されたこと言いふらして自分がモテる自慢したいのかもしれないけど、並木が恥ずかしい思いするのわかってて言ってるでしょ。謝って」

「は？　何コイツ、急にキレてきて意味わかんないんだけど」

後ろの仲間たちに言いながら四人でクスクスと笑う。その態度に八重はもう限界だったらしい。

「もういい、行こ並木」

そう言って俺の手を引いて移動する八重。俺のために怒ってくれて、嬉《うれ》しい気持ち半分、八重にも悔しい思いをさせて申し訳ない気持ち半分。

相当悔しかったのだろう。握った俺の手に爪が食い込んでいる。……結構痛い。

「八重、ありがとう」

「ううん、私がムカついただけだから」

「でも、離れてよかったのか？　二人と逸れちゃうと思うんだけど」

「あれ以上あそこに居たら、もっとムカつくこと言われてたでしょ。二人には連絡してオタモールで合流すればいいよ」

八重は本当に、良い奴だ。俺は過去に陽キャに嫌な思いをさせられたことで、陽キャはみんな敵だと勝手に思い込んでいて、陽キャと仲良くする八重ともどこかで距離を置こうとしていた。でも、八重は悪い奴じゃないし、陽キャだけど加賀美も高水も良い奴だ。

陽キャとか陰キャとか、そんなの関係ないんだ。人を見るべきだった。

「ごめん並木」

「なにが……？」

「迷った」

「まじか……」

加賀美と高水ならきっと三宮で迷うことなんてないのだろうが、俺と八重は同じタイプ。つまりは、三宮で自由に歩けるほど都会慣れしていない。

「俺駅からオタモール周辺しか知らないぞ」

「同じ。こんなお洒落な道、通ったことない」

周りを見回してもあるのは英語なのか、読み方のよくわからない服屋ばかり。なんなら服屋なのかも曖昧《あいまい》だ。入ってみたら美容院でした、みたいなオチもあり得そうな雰囲気だ。

「とりあえず二人に連絡しとくね」

「ありがとう」

ひとまず俺たちは大きな建物に背中を預けてしゃがみ込む。

「並木、嫌ならいいんだけどさ」

そんな前置きで八重は、どこか申し訳なさそうにも見える表情で。

「あの島田って女の子との話、聞かせてくれない？　並木が友達との間にどこか一線引いてる感じがするのって、もしかしてあの子と何かあったからなのかなって」

「え、俺って一線引いてる感じする？」

意識していなかったが、もしそうなら原因はおそらく島田とのことがあったからだ。

俺と島田の間に何かあったのかと察した勘の良い八重がそう感じているのなら、きっとそうなのだろう。

「別に、普通に失恋した話だけど……。つまんないと思うけど、聞く？」

「面白そうだから聞くわけじゃないよ。ただ、友達のことはちゃんと知りたい。並木とはもっと仲良くなりたいから、私には何も遠慮してほしくないの」

八重のような優しい人になら、きっと恥ずかしがらずに言える。八重ならバカにしたりしないだろう。加賀美が言っていた、加賀美の友達ならみんな良い人、というのはあながち間違いではないようだ。俺はもう既に、加賀美も高水も、八重のことも、良い人だと認識している。

陰キャだからと見下すこともなく優しくしてくれて、俺を知ろうとしてくれる三人には、一線引いてるなんて思われることのないように。

「わかった。ちょっと長くなるかもだけど、いいか？」

「うん、何時間でも聞くよ」

加賀美と高水に見つけてもらうのを待つため、今いる場所の位置情報を送ってから、待ってる間に俺の過去について話すことにした。

「中学の頃の話なんだけど……」

＊

当時の俺は今ほどオタクでもなく、ネットミームを使っているオタクの会話を聞いては意味わからんこと言ってんなーくらいに思っていた。

そんな俺がオタク文化にハマったのは、夜更かししたある日のこと。

当時スマッシュバトラーズ、通称スマバトにハマっていた俺は、両親に隠れて深夜までリビングのテレビでゲームをすることがよくあった。

一度休憩しようとテレビの入力を切り替えると、さすがに深夜ということもあって中学生の俺には面白いと思えるような番組はやっていなくて、次々とチャンネルを切り替える。

そこで、出会った。

『別にアンタのためじゃないんだからねっ!!』

オタク業界ではありふれたそんなセリフは、オタク文化に触れてこなかった俺の感性を刺激した。

前後のセリフなんて一切聞いていない。ただの一文、「別にアンタのためじゃないんだからねっ!!」という言葉のイントネーションと、表情から読み取れるバレバレの感情。そこからアニメに触れてこなかった俺でもわかる、この女の子は「アンタ」のために何かをしたのだろう、と。それに、ただ何かをしたのではなく、好きだから何かをしたのだということまで理解できる。

たった一つのセリフで、一切知らない物語の全てが見えてしまったようにも思えた。

ツインテールで現実じゃありえないほど短いスカートを穿いた女の子。見るからにオタクが好きそうなタイプの女の子。

「可愛い……」

気付けば、そう呟《つぶや》いていた。

惚《ほ》れた、ハマった、とまではいかないが、オタクをバカにはできないなとは思える。

ソファに寝転んだまま、そのアニメについて、その女の子について調べ始めると、もう止まらない。

さらには検索結果の関連画像から、少し絵のタッチが違う別の可愛い女の子を見つけてその子について調べてみる。どうやらこの子は Vtuber というらしい。最近よくクラスのオタクが話しているのを聞いたことがある。

「へぇ、結構色んなVtuberがいるんだな……」

どんどん派生して色んなVtuberを見つける。どの子も可愛いが、ダントツで可愛い子を一人発見した。どうやらまだデビューして間もないようだが、既に人気を集める期待の新人らしい。

その子を見た俺は、これまで感じたことのない大きな衝撃を受ける。

夜桜を思わせる彼女のビジュアルは、まるで心臓を鷲掴《わしづか》みされたような苦しさを伴って俺の心に深く突き刺さった。

この時にはもう既に、俺は恋に落ちていたのかもしれない。Vtuberがなんなのかもまだよくわかっていないが、それでも、この子をもっと知りたい、この子を応援したい。そう思ってしまったのだ。

そこからはそのVtuber、朧月《おぼろづき》ひらりについてひたすらに調べまくって、気付けばスマバトの練習など忘れて夢中になっていた。そして、寝落ちして翌朝両親にこってりしぼられてから登校することになるのだった。


登校するといつも一緒にいる友人二人が窓際で談笑していて、俺は通学バッグを自分の席に置いてからそこへ向かおうとした。

その時ふと気になって、教室の隅でこそこそと楽しそうに会話しているオタクグループの方に目が行く。オタクだと心のどこかでバカにしていたあいつらにも、心を奪われたキャラクターがいるのだろうか。もしもそれが俺と同じなら、話したい。好きなキャラクターについて、語り合いたい。

「ふらわーらいぶの三期生、結構みんな可愛いよな」

オタクグループの会話に聞き耳を立てると、ふらわーらいぶのことが話題に上っていた。

昨日散々調べて知っている。朧月ひらりは、ふらわーらいぶというVtuber事務所の新人としてデビューしたということ。

今まさに、クラスメイトが俺の心を奪った人の話をしている。混ざりたい、でも、いきなり俺が混ざったらおかしいか。俺は別にオタクキャラじゃなかったし、あいつらとまともに話したことなんてない。

それでも、我慢できずに気付けば混ざりに行っていた。

「それって朧月ひらりって子だよな？」

「え、なに、並木もVとか観るの？」

「いや、全然詳しくはないいんだけど、昨日偶然見つけて可愛いなーって」

「へー、ひらりちゃんは結構有望株だよ。ママが唯一発表されてなくて、絵柄からして超人気イラストレーターの人じゃないかって言われてて」

得意げに早口で言う梶田《かじた》。俺は混ざりたがっていた割に少し引いてしまうが、負けじと会話を続ける。

「ママってなに？」

「ママっていうのはそのVのデザインを担当してるイラストレーターのことだよ」

「朧月ひらりのママはいつか発表されるの？」

「いやー、どうだろ。ママが発表されないなんてケース初めてだからよくわかんないけど、正体を明かせない理由があるんだろうね。だから多分わからないままかな。まあそれが誰なのかって話題になってるおかげで注目度も上がってるけどね」

声は小さいし早口でよく聞き取れない梶田の言葉。でも重要な部分は大体聞き取れた。つまり、俺はその正体不明のイラストレーターの絵に惚れたわけだ。その人が誰なのかわかれば、もっと可愛い子をいっぱい知れるかもしれない。

「梶田、詳しいんだな」

「まあね、学校一のVオタな自信はあるよ」

胸を張って自慢げな梶田だが、教室の入り口から入ってきた女子を見て一気に萎縮した。

その女子は学年一可愛いと言われている島田加奈《かな》。俺の好きな人だ。

「あれ、並木が梶田たちと絡んでるの珍しー」

「……あぁ、うん。まあね」

普段から島田が梶田たちオタクグループをバカにしているのは知っている。そんな島田にオタク話で盛り上がっていた、なんて知られれば引かれるかもしれない、咄嗟《とっさ》にそう判断して、返事が鈍ってしまう。

「梶田たちと何話してたのー？」

答えづらい質問だ。俺は答えをどうにか濁そうと、話の矛先を別に向けることを企む。

だが、それよりも先に梶田が発言してしまう。

「Vについて少々……」

眼鏡をクイっと持ち上げながらにやけづらで言った梶田と、凍り付く場の空気。

「え、Vってなに？」

やめろ。

「Vtuber のことですよ。知りませんか？」

やめてくれ、梶田。悪気がないのはわかってる。俺を貶《おとし》めようとか、そういう感情は一切感じない。梶田はただ好きな物のことを恥じずに話しているだけ。でもそれが、俺にとっては都合が悪い。

その会話に俺が参加していたと島田に知られれば、きっと俺は島田に嫌われる。

「なにそれ。ってかなんで梶田敬語なの、ウケる」

「……」

異様な雰囲気を感じ取ったのか、ついに梶田が黙った。でも、もう手遅れだ。

「並木、意外とオタクだったんだー」

「ちがっ……」

俺の言い訳を聞く間もなく、島田は取り巻きの女子と離れていく。

梶田は悪くない。ただ好きな物について話しただけ。俺には、それができなかった。

今のやりとりを遠目で見ていたいつも話している友人たちが、俺のことを冷えた目で見ているのがわかった。別に何も悪いことはしていないのに、まるで俺がクラスの空気を悪くした元凶のように思われているんじゃないかと感じて、無性にこの場から逃げ出したくなった。

島田は、俺に好かれていることを知っている。なぜなら、俺は一度島田に告白したことがあるからだ。

中学二年になり、同じクラスになって、席が隣り合ったことが始まりだった。

一年の頃から有名人だった島田と隣の席になって、俺は浮かれていた。だから、相手をよく知りもしないのに、ちょっと優しくされたりちょっとからかわれただけで好きになってしまったのだ。中学生の恋愛なんてそんなものだ。ちょっとしたことで好きだと勘違いしてしまう、発情期。

島田は俺の告白に対してはっきりとした返事をしないまま、俺との関わりを断つこともしなかった。むしろ告白する前よりも俺をからかってきたり、よく話しかけてくるようになって、だから俺にもまだチャンスがあるんじゃないかって。

並で平凡な俺にそう勘違いさせるように、島田が仕向けていたのだと、後に気付くことになる。

梶田との件があってから、島田やクラスメイトたちが俺に接する態度が変わっていった。

「テストだし部活ないからみんなでカラオケ行かない？」

島田の提案に、クラスの数人が手を上げる。俺もその輪に混ざろうとしたが、そんな俺を流し目で見た島田は。

「橋本も行く？」

俺と仲の良かった友人の橋本。明確に仲違いをしたわけではないが、梶田の件以来話すことはなくなった。俺と話せば、橋本まで同じ輪の人間だと思われるのが嫌だったのかもしれない。俺から話しかけに行こうと思っても、あの時の冷えた目が忘れられず、一歩の勇気がでなくて。

「行く!」

「並木はどうする?」

島田のその問いは、橋本に投げられた。

二人の会話は、教室のみんなが聞こえる声量で、もちろん俺にも聞こえているし、俺が聞こえていることもみんな気付いている、それほどの声量。

島田は、わかってやっている。そして俺のこの先のクラスでの扱われ方を決めることを橋本に委ねた島田は、もう一度俺の方を流し目で見た。

「——いいじゃん、居なくても」

鼻の下を伸ばした橋本の言葉が、重くのしかかった。

いじめ、とは言えないほどの、絶妙な仕打ち。俺は上げようとしていた手の行き先がなくなってしまって、誤魔化そうと咄嗟に自分の頭に手を置いた。

「だよねー、オタクとは話合わないだろうし!」

視界が歪《ゆが》むほどのストレスと、吐き気がする脆《もろ》い友情。気付けば俺は、教室から飛びだしていた。

何が友達だ。何が好きな人だ。結局は裏切られるんじゃないか。

俺の味方なんて、あの教室にはいない。そう理解すると急に涙が出てきて、誰にも見られないよう、偶然見つけた空き教室に逃げ込んだ。

絶望感に打ちひしがれながらも、授業が始まったら戻らないと、という事実が更に気持ちを暗くした。

このまま帰ってしまおうか、いいや、帰るにしても通学バッグは教室に置き去りになってしまう。

持ち物はスマホと胸ポケットに忍ばせていた有線イヤホン。このまま帰れば、母さんに叱られるだろうな……。

現実逃避でもしようかと、二時間あって観るのを躊躇《ためら》っていた朧月《おぼろづき》ひらりの配信アーカイブを再生した。

少なくとも二時間はあの教室に戻りたくないと思えるほどの出来事で、もう俺の心は崩壊寸前だった。

沢山調べたが、朧月ひらりの声を聞くのはこれが初になる。まるで最後の希望に縋《すが》るように、再生ボタンに救いを求めるように。

小さな俺の世界では、好きな人と友人が全てだった。それを同時に失ったことは、世界への未練すらも失われたように感じるほどのストレス。

見た目が好みだから、たったそれだけの理由で、短時間で俺を夢中にさせてくれた彼女にならこの傷を癒してもらえる、新しい生きる意味になってくれる、そんな僅《わず》かな希望に期待して。

もしも、昨日のときめきが一時の気の迷いだとしたら、配信アーカイブを観ても何も感じなければ、今度こそ本当の孤独が訪れる。堪らなく怖かったが、一度押してしまった再生ボタンは、停止ボタンを押さない限り止まらない。

孤独を恐れて、目を閉じた。何も感じたくない、何も考えたくない、辛い思いはしたくない。

「あー、あー、聞こえますか？」

視聴者に向けられた声は、目を閉じて待機している自分に投げかけられたように錯覚する。

目を開けて、こちらを見ろと言っているように感じた。涙目になりながらも、声に応えるように目を開く。

「あ、聞こえてたみたいですね」

YouTube で何万回聞いたかわからない落ち着いたフリーBGMを流しながら、彼女は続ける。

「こんばんは、ふらわーらいぶ三期生の朧月ひらりです。今日も皆さんが私の配信を観て元気になれるように、精一杯楽しませますのでよろしくお願いします」

癒される声だった。その声をもっと近くに感じたい、そう考えるよりも先に、手が胸ポケットに伸びていた。

スマホを買った時に付属していた白い有線イヤホンは胸ポケットの中でぐちゃぐちゃに絡まっていて、すぐには使えそうにない。

早く……、早くこの声を耳で直に感じたい。必死になればなるほど絡まったイヤホンを解く手は上手く動かせない。さっきの教室での出来事のせいか、まだ少し両手両足が小さく震えていた。

彼女はデビュー間もないからだろうか、俺の両手両足のように声には小さな震えがあるように感じる。

雑談配信と銘打ってある配信アーカイブだが、イヤホンを解きながら聞いていると始まって早々に話題を失って黙っている時間がちらほら生まれる。

雑談配信としては放送事故とも言えるが、不思議と聞いていられた。

次はいつ喋《しゃべ》ってくれるだろうと、彼女の声が聞こえるまでの間を楽しめた。それは彼女の声が俺の耳にとってご褒美と感じられるほど、美しい声音だったからだろう。

ようやくイヤホンを解き終わる頃には、視聴者からのコメントを読み上げ始めていた。

「次のテストで七十点以上取らないとゲーム禁止になりました。ひらりちゃんは何かいい勉強法を知っていますか？　……んーっと、教科にもよりますけど、私はむしろゲーム感覚で勉強していますよ！　何かを覚えたら、私自身のレベルが上がる、みたいに考えるようにしています。そうすると勉強も楽しめるんです！　あ、これじゃあ勉強法ではないですね……、えっへへ～」

照れたような表情で首を右側に大きく傾ける仕草が、たまらなく愛おしかった。不安も孤独も、その声を聞いている間は忘れられた。

「好きな女の子にオタバレして、嫌われちゃったかもしれない。ひらりちゃん助けて～」

彼女が読み上げた視聴者からのコメント。まるで今の自分と同じ状況で、前のめりになりながらそのコメントに対してどう返答するのか、彼女は今の俺に何か声をかけてくれるのか、その返答が俺を救ってくれるのか。

会ったこともない、昨日知ったばかりのVtuberに縋るほど、限界だったから。

「嫌われてもいいんじゃないでしょうか？」

彼女の返答に、心のヒビが広げられる。嫌われていいわけがない、彼女にとってはどうでもいいことなのかもしれないが、俺にとっては大きな問題なのだ。

中学生の俺にとっては、学校という居場所が全てなのだ。それをそんな簡単に……。

「好きな物を好きだと言って何がいけないんでしょうか？　これはあくまで私の意見ですが、そんなことで嫌うような人なら、好きでいる必要はないと思います。生意気なことを言って申し訳ありません。でも、あなたは何も悪いことをしていないじゃないですか。私の視聴者には、そんな人のために悲しんでほしくありません」

視聴者からのコメントにこんなにバカ真面目に答える配信者なんて珍しいのだろう、コメント欄はこのタイミングでここまでにないほどの盛り上がりを見せる。

痺《しび》れた、正論だ、少年頑張れ、俺もオタクだけど友達もオタクならモーマンタイ、俺たちが味方だ、みんなでひらりちゃんを推そう。

アーカイブなのに、リアルタイムで応援されているような感覚になる。俺のコメントでもないのに、俺に向けられたエールでもないのに、俺のために怒ってくれたわけでもないのに。

それでも、味方はいるんだと、独りじゃないんだと、そう感じられる。

「ちょっと真面目すぎましたね。楽しくいきましょう！　オタクだからって嫌われちゃったら、私のことを好きになってください！　私も皆さんのことが大好きですからね！」

アーカイブの停止ボタンを押して、スマホをロックする。さっきまでの感情を表していたようなイヤホンも、今は解けている。今度は絡まってしまわないように、束ねてから胸ポケットにしまう。

涙はいつの間にか乾いていたし、もう手足の震えも止まっている。

いつまでもこうしてはいられない。いつかはあの場所に戻らなければならない。だったら、さっさと行ってしまおう。逃げるのは、もうやめだ。

きっとまた辛い思いをするだろう、嫌なことを言われたり、そっけない態度をとられるかもしれない。でも、俺のことを悪く言う人のせいで苦しむのなんて御免だ。俺は俺の好きに突っ走って生きてやる。

大丈夫だ、だって俺には彼女が、朧月ひらりが、そのリスナーがついている。独りじゃない。

＊

「並木は強いね」

俺の中学時代の話を、八重は少し涙目になりながらも黙って聞いてくれた。その目を見

れば、その言葉が本心から出たもので、俺に感情移入してくれていることが伝わってくる。

いきなりこんな話をしても重いと思われる、そうやって悲観的にならずに全てを話せたのは、八重がこの話を聞いても優しく受け止めてくれる人だと、普段のコミュニケーションから伝わっていたから。

八重だけじゃない、きっと加賀美も同じだろう。高水は少し面白がって、からかってきそうではあるが、心の底からバカにするような人間じゃないことはわかる。

加賀美の言っていた、加賀美の友達に悪い人はいないというのも頷《うなず》ける。加賀美の価値観は、ひらりんと似ている。

加賀美は誰とでも仲良くできるタイプだが、実際に深く関わりを持つ人間は限られている。それはきっとひらりんと同じように、関わるべき人間をしっかりと見極めているからだろう。その証拠に、加賀美と仲の良い友達はみんな、短期間でもわかるほどに綺麗《きれい》な心を持っている。

「俺は強くなんかないよ。今でも島田を見ると手足が震える。あの頃を思い出しちゃうんだ。俺は弱い人間だって、さっき島田と会って思い出したよ」

「それでも私は、並木を尊敬した。さくらに紹介されるまで、並木のこと勘違いしてた。なににも興味のない、自分の意思もない流されるだけの人だって思ってた。でも話してるとわかる。並木には、他人には絶対曲げられない強い信念があるって。……ちょっとクサいかな？」

自分の言葉に照れ笑いする八重。そういえば、八重の笑った顔はあまり見ないな。ゲームの話やひらりんの話をしている時は子供のように無邪気に笑うこともあるが、それとは少し違った女性であることを意識してしまうような微笑み。

まったく、加賀美といい八重といい、俺のひらりんへの思いを揺らすようなマネはやめてほしいものだ。

「並木くーん！　さっちゃーん！　見つけましたーっ！」

らしくない間抜けな声で俺たちを呼んだのは加賀美。数メートル先からこちらに手を振りながら駆けてくる。その後ろを歩いて、時々加賀美と逸れないように小走りでついてくる高水は少し呆《あき》れたような苦笑で加賀美を見ていた。

加賀美の表情からは焦りが見て取れた、よっぽど逸れたことを心配していたのだろう。加賀美は俺のことを繁華街の隅で震えてるタイプだと思っているに違いない。ある程度知ったからわかるが、八重もきっとそのタイプだ。

加賀美は俺たち二人について詳しいから、繁華街で逸れることの危険度もよくわかっている。八重は幼馴染《おさななじみ》だし、俺にはストーキングしてるからな。

そんなことなど想定していない高水は、逸れたぐらいでそんな大袈裟《おおげさ》だな、くらいに思っているのだろう、呆れて苦笑している。

「ごめんね、さくら。ちょっと色々あってぼなペティーの前から離れることになって」

「ううんっ、無事でよかった……」

不安な表情から安心した表情に変わった加賀美は、八重を抱きしめる。さすがにそれには俺も呆れている。そこまで俺たちの繁華街で生き残る能力は信用されていないのか。

「いやー悪い悪い、俺がぼなペティー行こうなんて言ったからだな。並木はぼなペティーの中だけじゃなくてぼなペティーの前に立ってるのもきつかったとは」

「煽《あお》るな高水テメェ」

またケタケタと嬉《うれ》しそうに笑う高水。不思議とコイツに皮肉を言われても嫌な気はしない。きっと俺が愛のあるいじりだと受け取れるように言葉のトーンやからかう際の仕草に、小さな気遣いをしているのだろう。雑に見えて器用な奴だし。

「でもよくあんな写真で見つけられたね。送ってから見直したけど、ブレてたし建物とかもあんまり写ってなかったのに」

どうやら俺が気付かないうちに今いる場所の風景写真を送っていたらしい八重。位置情報だけでは多少のズレがあるし、見つけられないだろうしな。

そんな八重の言葉に、加賀美はニッコリと笑って。

「並木くんの匂いを辿《たど》ってきたの♡」

「んー、ヤバすぎ」

俺が引くよりも即答で高水がツッコミを入れてくれる。でも高水は加賀美の発言が笑いを取ろうとしているボケだと思っているかもしれないが、加賀美なら本当に匂いで居場所を突き止めていても別に不思議じゃない。……んー、ヤバすぎ。

「そうだっ、はいこれっ、さっちゃんはいつもの！」

八重は俺と同じ陰側の人間のくせに、加賀美からぼなペティーのカップを受け取ると慣れた手つきで飲み口の蓋《ふた》を開ける。さすがは加賀美の親友、ビジュアルがいいのでちゃんとぼなペティーが似合う。

「並木くんには私のおすすめですっ♡」

「ありがとう、で、これはなに？」

「ネージュラテです！　安心してください、カスタマイズもして並木くんのお好みに合わせてます！」

「ネージュラテねぇ」

「中身はエスプレッソですよ。それに色々入ってます、私の愛も♡」

「異物混入じゃん」

ぼなペティーなんて飲んだことない俺の好みをどうやって把握したのかはさておき、人生初のぼなペティーの味を確かめる。

蓋の開け方に少し戸惑ったが、八重がやっていたのを見様見真似でやってみる。

ぼなペティーはコーヒーショップという認識だったが、これだけ高校生にも流行《はや》るということは多分コーヒーというよりはスイーツと言う方が正しいのだろう。

普段からココアやミルクティーをよく飲むし、甘い飲み物は好きな方だ。

ネージュラテはエスプレッソの上にホイップが乗っていて、最初はホイップの冷たさを唇で感じる。その後すぐにホットエスプレッソの温かい感覚が流れてきて、少しびっくりしたが熱々のエスプレッソもホイップと一緒に飲むことでごくごく飲めてしまう。

「この異常な甘さの正体は？」

「ネージュシロップですね。どうですか？」

自分でオススメしたものが気に入ってもらえるか心配そうな加賀美は、俺の顔を覗《のぞ》きこむように上目遣いで窺《うかが》ってくる。

「驚いたよ、好みの味だ」

「よかったです♡」

「でもよく俺の好みなんてわかったな、甘党だなんて家族くらいしか知らないのに」

「いつもお家ではココア、学校の自販機では甘いミルクティーをよく買われているので！」

ちょっと待てぇ。

「学校で飲んでいるものはまあわかる。なんで家で飲んでいるものまで把握されてるんだよ」

「愛の力です♡」

「はっはは、良かったじゃん並木、愛されてるな～」

「愛されてるで済ますな」

まあ、もうここまでくれば何を知られていてもおかしくないし、どうやって調べたのかも大体見当がつく。おおかた母さんに聞いたとか、そんなんだろう。でもいつどうやって母さんと仲良くなったのかとか考え始めると闇が深そうだから考えないようにしておこう。

「じゃあ行くか、並木の本拠地」

言い回しがオタクっぽい高水が先頭きって歩いていくが、場所がわかっていないのか振り向いて俺に前を歩けと親指で指示した。

「本当に行くのか？　高水と加賀美みたいな陽キャには楽しめないと思うぞ」

「なんでだよ、並木がハマってることだろ？　じゃあ並木は楽しめてるじゃん。俺だって同じ人間なんだし、楽しめる可能性は全然あるだろ」

「そうですよ！　趣味嗜好《しこう》は人それぞれありますけど、私だってさっちゃんと一緒にゲームしたり、アニメ観たりしますから！」

俺の横に並んだ二人が、まるで俺の抱える劣等感を察知しているかのように、俺の趣味嗜好を否定することはないと、微笑みながら教えてくれて。

「並木、少なくともこの二人は、さっきの人たちとは違うよ」

「ごめん、わかってたのに勝手に悲観的になってた。それじゃあ行こうか、案内するし、色々布教したいものがあるんだ。付き合ってもらうからな！」

「あ、でもエッチなやつだけは……」

「布教しないからな!?」

俺をなんだと思ってるんだ。そういうのはある程度オタク文化に慣れてからだ。

アニマートでひらりんグッズの布教をして、気付けば時刻は十七時を回って外は若干暗くなり始めていた。案外加賀美も高水もひらりんのグッズを見て可愛いとか感想を言ってくれて、自分のことのように嬉しかった。やはり加賀美も高水も、陽キャだが敵だとは感じない。良い奴らだ。

この後はどうするのか、みんなとは何も話し合っていない。アニマートを出てからはただダラダラとオタモールの中を徘徊《はいかい》していて、誰かがどこか行きたい場所を提案しない限りこのまま解散の流れになるのだろう。

ひらりんの配信までには家に帰りたい。三宮から自宅までは一時間弱かかる。まだ少し余裕はあるが、行きたい場所なんて特になかった。

「おっ、ゲーセンあるじゃん」

「クレーンゲームが多いですね！」

「フィギュア多めだよ、ここ」

オタモールの中でも一番みんなが楽しめそうだと考えていた店だ。非オタでもゲームくらいするだろうし、高水みたいなタイプはフィギュア自体は要らないとしてもクレーンゲームを楽しむためにプレイしそうだし、加賀美は何をしても楽しんでくれそうだ。八重はゲーム好きだしきっと楽しめるはず。

「でも時間がなー、みんな二十時までには帰らなきゃなんだろ？」

「うん。でもまあまだちょっとだけ余裕あるかな」

「私もあと一時間くらいなら大丈夫です！」

「並木は？」

高水から投げかけられた質問。俺の意思次第でゲームセンターに行くかどうかが決まる。

少し前までの俺なら、行かないと即答していただろう。俺にとってひらりんよりも大切なものなんてない。もしもギリギリまで遊んで、帰りの電車で寝過ごしてしまったら、ひらりんの配信には遅れることになるだろう。

そんなリスクを背負ってまで、何かに夢中になることはない。そんなリスクを背負ってまで、どうせ失う、どうせ裏切る、友達だなんてくだらない存在のために遊ぶなんてバカな真似はしない。時間の無駄だと、そう思っていただろう。

でも、加賀美も八重も高水も、そんな奴らじゃない。いつまでも過去の失敗を引きずって、彼らにまで勝手なイメージを押し付けていいわけがない。

それに、何よりも今俺は、この三人ともっと一緒にいたいと、そう感じているんだ。

「行こう。他の全てで負けてる自信はあるけど、ゲームなら高水に一泡吹かせてやれるしな」

「並木くんは唯一無二なので勝ってる負けてるの次元にはいません！」

「そう、俺こそひらりんと結婚する男。つまり三次元にいながら二次元にも存在する唯一の男！」

この三人にならば、好きなものを恥ずかしがらずに好きだと言える。そんな関係が、心地良かった。

「並木くんかっこいいですっ♡」

「え、Vtuber って中身はっ――」

「君は知りすぎたようだね、高水くん」

これ以上余計なことを言わないように手刀で眠らせておいた。口は八重が塞《ふさ》ぎ、高水もそれがタブーだと察したのか、ノリノリで眠らされたフリをしている。

おふざけもほどほどに、店内に入ってまずは高水が知っているからという理由でゴラゴンボールのフィギュアを狙ってクレーンゲームをすることにしたらしい。百円玉をたったの一枚投入しようとする高水。その手を強引に止めて忠告する。

「一枚で取れると思っているのか？　見ろ、五百円を投入すれば六回プレイできるタイプだ。一回ずつ入れてもどうせ六回はプレイすることになるんだし、一気に五百円入れた方がお得だ」

「……？　何言ってんだよ」

高水は俺の言葉の意味がよくわかっていないような表情で続ける。

「一回か二回やったらやめるだろ」

「ぐぅ……！　オタクの常識が通用しない！」

クレーンゲームは取れるまでやるもんじゃないのか。取れるまでに投資したお金がそのまま推しへの貢ぎ金になるんじゃないのか。むしろ何回もプレイして取れないほど推しへの愛が強いという象徴になるんじゃないのか……！

「まあ見てろって」

自信満々にクレーンを右に移動させるボタンを押す高水。どれだけ腕があろうがおそらくこれは決まった確率でアームの強さが変わるタイプ。運によるところが大きい機種だ。どう頑張ったって、運が味方しなければ一回や二回で取れるようなものでは……。

「お、いけたいけた」

「なんでやねん」

こいつ、勉強もスポーツもなんでもできる上に運にまで味方されてんのか。ラインハルトかよ。

「並木くんっ！　こっちに来てください！」

少し離れたところで加賀美と八重が二人して嬉《うれ》しそうに俺を呼んでいる。高水とフィギュアを回収して、二人で向かった。

既に八重が挑戦していたその筐体《きょうたい》の中には、美しい着物姿の女神が佇《たたず》んでいた。

「ひらりーーーーーーーーーん!!」

フィギュア化されているのはもちろん知っていたが、あまりにも高くてバイト代では手が出なかった限定品。きっとアームもかなり弱く設定されているのはわかっている。それでも、ひらりんは今、助けを求めているんだ。

——この筐体から私を救ってください、旦那《だんな》様。

「任せろ我が最愛の姫よ!!」

「あははっ、並木うるさっ」

「並木、一緒に落としてジャンケンでゲット、恨みっこなしでってのはどう？」

八重も簡単に取れないとわかっての提案。一人で挑戦した場合、今の所持金は三千円ほどなので、そもそもゲットできないリスクがある。

もちろん完成度はかなり高いし、衣装の躍動感とひらりんのポーズもキマっている。ファンなら必ずゲットしておきたい代物。

でも三千円で挑むのは少し心許ない。

「八重、俺は今三千円ほどあるが、そっちは？」

「私もそんなもんだよ。まさかここでコイツに出会えるとは思わなかったから……。わかっていたならもっと持ってきたのに……！　くそっ……！」

クレーンゲームでこんなレアなフィギュアがあるのは珍しい。こんなチャンスはもうないかもしれない。

「背に腹は代えられない」

「だね」

「「共闘だ！」」

「あはははっ、息ピッタリじゃんおもしろー」

かつての敵同士が、共通の敵が現れたのをきっかけに共闘する熱いシーンを再現する俺たちを見て腹を抱えて笑う高水。そしてその後ろでひらりんの限定フィギュアを抱える加賀美。……………は？

「取れちゃいました、えっへへー」

「取れちゃいました、えっへへー。じゃないよ!!　なんで取れるんだよ!?」

「私こう見えてさっちゃんに仕込まれてゲーム得意なんですっ！」

今の一瞬で取ったということは一回で取っちゃったのこの子。こんなところまで高スペックなんですかこのストーカー。

「さ、さくら、それ、どうするの……？」

涎《よだれ》を垂らしながら、のように見える八重が限定フィギュアに手を伸ばしながら訊《き》く。まさかコイツ、裏切る気か……！

「うーん、並木くんとさっちゃん、どっちに渡しても喧嘩《けんか》になりそうなので、もう一つ取れたら取れなかった方にプレゼントします！　もう一つが取れなかったら、私がいただきます！」

幼馴染《おさななじみ》のよしみで問答無用で八重に渡ると思われた限定フィギュアは、加賀美の腕の中で待っている。

微笑む加賀美とパッケージで微笑んでいるひらりんが、どこか似ているように感じた。

そういえば、話し方とか声とか、似てる気はするな。まあ、偶々か。

「並木、これであと一つだね」

「ああ、相棒」

俺たちは息ピッタリに拳《こぶし》を合わせて誓い合う。

「必ず救い出すぞ、この狭い筐体の中から！」

「待っててひらりん！」

俺たちの戦いはここからだ。（次回作にもご期待ください！）

「並木、あといくら残ってる？」

「てれてれてーてってて、てっててーてれれ、てれてれてーてってー、てってーてれれ♪」

「『ゼーロー♪』」

「あははは、おもしれー」

「高水テメェ」

結局二人で六千円分挑戦したが、限定フィギュアは手に入らなかった。このままでは加賀美が抱える限定フィギュアは、ひらりんのファンではないストーカーに連れて帰られてしまう。

「しゃーねーな。加賀美、俺らで取ろうぜ」

「そうですね」

高水が袖《そで》を捲《まく》ってから百円玉を投入した。加賀美はその後ろで白とピンクの折り畳み財布から小銭を出そうとしていて。

「そんな、悪いよ」

「そうだよ、俺たちの欲しいもののためにそこまでしてもらうなんて」

「大丈夫ですよ。私たちは二人とも一回で取ってますし、二人とも充分クレーンゲームを楽しんだんでしょうけど、私たちはまだまだ足りていないんです」

俺たちに気を遣わせないように下手くそな言い訳までして。

高水はアームを右に移動させながら、イタズラを思いついた子供のように無邪気に微笑んで。

「要らないならフリマアプリで出品しようか？」

「「高水テメェ」」

「冗談だって。でもまあ、みんなで協力して取った方がおもしれーじゃん？」

「「高水テメェ……」」

なんだよこいつ、めっちゃ良い奴じゃん。俺と八重は並んで涙目になる。

高水の操作するアームが筐体の奥へと進み、真下へ降下していく。

アームがフィギュアの入った箱の両サイドから詰め寄り、しっかりホールドした。ここまでは俺と八重と同じ結果だ。だが、そう上手くはいかない。

しっかりホールドしていたように見えたアームが上昇すると、アームがするりと箱から外れてしまう。

「あー、まあ一発じゃ無理だよなー」

「次は私ですっ！　必ずゲットして、さっちゃんと並木くんに喜んでもらいます！」

加賀美が挑戦するも、俺たち三人と全く同じ結果になってしまう。

どれだけ腕があろうが、どれだけ運があろうが、限定のひらりんをそう簡単に取れるわけがないのだ。

「次俺……、の前に」

百円玉を投入する直前に何かを見つけたらしい高水は、その何かに向かって一直線に歩いていく。その先に居た女性スタッフになにやら声をかけたと思えば、仲良さそうに二人でこちらに向かって来る。

「これですこれ。もうかなり使ってるんですけど取れなくて、何かコツとかありませんか？」

「こちら人気の商品ですのでかなり難しく設定させていただいているものでして……」

こらこら高水、そんなケチつけるようなことしたらスタッフさんも困っちゃうだろ。そりゃそうだよ、だって限定フィギュアだぞ。そんな簡単に……。

「でもお客様だけ特別に♡」

……ん？

今気づいたが、三次元なのにスタッフさんの目が♡になっているように見える。

「本当ですか⁉　よかった、お姉さんに相談して。でも本当はフィギュアよりもお姉さんの連絡先が欲しいなーなんて思ってたり……」

「もちろんそれならいくらでも教えてさしあげます♡」

高水まさかこいつ、口説いたのか。

メロメロ状態のお姉さん曰《いわ》く、何かの手違いで次のプレイからは凄《すご》く簡単に設定されている可能性があるらしく、プレイが終わったら設定を再確認する必要があるためまた「私を♡」呼んでほしいらしい。

何かの手違いで、簡単な設定になっている可能性、他のスタッフではダメ。不正の臭いがプンプンするな……。

「よし、じゃあお姉さんにコツ教えてもらったからやってみるか」

「白々しい」

聞いたのは連絡先だろ。

だがしかし、金額で言えば四人で結構使ってるわけだし、設定が緩くなったからといってもすぐに取れるわけではないだろう。

「おっ、さっきよりアーム強くなってるぜ」

「誰の仕業だよ」

それでもアームはまた空気を摑《つか》んで、限定フィギュアは少し浮いただけに終わった。

「次は私が挑戦します！」

そうやって俺と八重の次は、高水と加賀美が交互に挑戦し、失敗を繰り返す。

段々申し訳なさが募っていって、でも今更やめようなんて言い辛い。八重と俺は顔を見合わせて、ただただ早く取れるように願うことしかできない。

「次で三千円か……、ここらが潮時だな」

よかった、高水はどうやら途中でやめるという選択をできる奴だったらしい。このまま取れなかったとしても、俺と八重を喜ばせたいという二人の気持ちは伝わった。それだけで、充分だ。

「おっ、なんかいい感じだ」

「あれ、取れなくてそれでも二人とも俺たちのためにありがとう……！　みたいな流れじゃないの⁉　ちょっと期待しちゃうだろ⁉」

アームは限定フィギュアをこれまでにないほど浮かして、位置が大きく動く。

「ここが潮時、そういうことですね高水くん。後は私にお任せください！」

いいとこどりのようにも思える加賀美の出番だが、これがいいとこどりではないのだ。一歩間違えれば初期位置に戻ってしまってせっかくのチャンスを無駄にしてしまいかねない、取れるか戻るかの大きすぎるプレッシャーを背負った状態で行う一回。これまでの一回とは全く意味が違う、一回。

「加賀美、失敗しても誰も恨まないからな！」

「そーそー、まー気楽にいこーぜ」

「さくら、ファイト！」

「お任せくださいっ！　……並木くん」

百円を投入した加賀美は、やけに真剣な声で俺を呼んで言う。

「これが取れたら、結婚しましょうね」

「盛大なフラグ立てんな」

というか加賀美、お前もちょいちょいオタクにしかわからないボケ入れてくるけどもしかして隠れオタクか？

「さくら、まずは横移動だけど、私の見立てだと思ってるより早く手を離したほうがいい。反応が鈍いから、手を離してから少し移動が止まらないんだよ」

「うん、そんな感覚するね。奥行きの移動は筐体《きょうたい》の横側に他の筐体があるせいで詳しく見れないけど、あの飾ってある見本の右手小指あたりで離すとちょうどいい気がする。どうかな？」

「うん、それで問題ないと思う。さすがだねさくら」

なんかこの二人、息ピッタリだな。さすが幼馴染《おさななじみ》。

「いきます……！」

加賀美が八重と話し合っていた理想の動きでアームは動きだす。

横の動きは見事に成功、と言っていい位置に止まった。そこで一度深呼吸を挟んだ加賀美は、絶対に失敗してはいけないプレッシャーに押しつぶされそうになっている表情が見て取れる。俺と八重がひらりんを連れて帰るために必死にやってくれているのだろう、高水もだが、俺たちのためにここまでやってくれているのだ。何か恩返しをしたい。

「加賀美、これが取れたら、何か俺にしてほしいことを言ってくれ。出来る限りのことはする。だから、……頑張ってくれ！」

「けっこ……」

「結婚はしない」

わかってただろ。そんなあからさまにテンション落とすな。

「でもやる気が溢《あふ》れてきました。今なら、なんでもやれそうな気がします！」

元々なんでもできる完璧《かんぺき》美少女のくせに何言ってんだ。俺なんて本当に何やっても平凡なんだからな。なめんじゃねぇぞ。

「ふぅ……」

緊張の一瞬。高水はもう自分の仕事を終えたからか、気楽な表情ではあるが一応この瞬間を見逃さないように目は筐体に向いている。八重は、ひらりんは欲しいが親友の加賀美を心配する気持ちが表面に出ている。

俺にできるのは、せめて祈るくらいだ。両手を組んで、片目を閉じて恐る恐る窺《うかが》う。

二度目のボタン、奥行き移動。ディスプレイ用のひらりんの右手小指、八重と話し合って決めた位置で、見事に停止する。

「キタ……！」

「いけるよさくら！」

「すげー、まじで決めたな加賀美」

「お願いします……‼」

アームは狙い通りの場所に降下し、限定フィギュアに力強くしがみつく。

「上がった！」

珍しく八重が大きめの声で興奮を露わにし、あの高水が冷や汗をかく状況。プレイヤーでもないのに、俺は手汗が滲《にじ》んできて。

限定フィギュアはディスプレイ用の限定ひらりんの頭上を越えて、空の上から投下口の方へ徐々に近づいてくる。

そしてついに。

「やったー！　やりましたー！」

限定フィギュアが落ちた瞬間、四人で円になって肩を組む。そのまま跳ねて、回って、笑い合う。

そうだよ、こういうのがいいんだ。

「はいっ、どうぞ並木くん♡」

「ありがとう。加賀美、高水、八重」

「ふふふっ♡　喜んでいただけて嬉《うれ》しいです♡」

「まっ、友達のためだしな」

「……？　私も？」

「うん、八重も。放課後にとっ、友達と……、遊びに来るのも、案外悪くないなって」

「うーわ並木照れてるぅ〜。おっもしろぉ〜」

「高水テメェ」

高水は俺をからかった後、さっきのスタッフさんに声をかけて連絡先を交換して帰ってきた。あのお姉さん、見た目からして大学生っぽいけど年上からもあんなにモテるのかコイツ、なんか腹立つな。

「さあ、時間が迫ってますよ！」

加賀美に言われてスマホを確認すると、十八時三十分。

「おっ、やべぇじゃん。並木も八重も帰らなきゃだろ」

「うわっ、まずい。さくら、帰ろ！」

「うんっ」

「駅まで一緒だろ、みんなで走ろうぜ！」

高水の提案通り、四人で駅方面に向かって走り出す。八重の足が遅い上に体力がないので加賀美が気遣って時々減速して、俺はそれを八重の隣で見ていた。つまり俺も、遅い。

「二人とも……、ハァ、速くね？　なんで息切れすらしてないんだよ……、ハァ、優等生め……！」

「ほんとそれな……！　ハァ、高水なんて、反復横跳びしてる……！」

前方で俺たち遅いオタクを煽《あお》るために、高水が反復横跳びをしながら俺たちが来るのを待っている。サルみたいな顔してケツ叩《たた》きやがって、後でぶっ飛ばしてやる。

でも、こんなムカつくことですら頬が緩んでしまう。ずっと俺が求めていたのは、こんな日常だったんだろう。

今日俺は、きっと限定フィギュアよりも大切なものを手に入れたんだと、そう確信した。

「並木と八重が遅すぎて知らない子から連絡先訊《き》かれちゃったわ〜」

俺たちを待っている数秒でまた違う女の子の連絡先をゲットしている高水は心底腹立つ

顔で俺と八重を煽ってきて。

「「高水テメェ……！」」


みんなと解散して家に帰ってくると、時刻は十九時四十五分。配信が始まる直前だった。

お風呂《ふろ》は配信の後にして、さっさと母さんが用意してくれているであろう夕飯を食べてしまおう。

「ただいま」

「おかえり、遅かったね。夕飯できてるけど、先お風呂入る？」

「ご飯で！」

新妻みたいなセリフで俺を迎えた母さんはキッチンからラップをしたお皿を運んでくる。

それをソファから横目で見ていたすみれが眉間《みけん》に皺《しわ》を寄せながら立ち上がる。

「こんな時間までどこ行ってたの。お兄が遅いなんて珍しいじゃん」

「別に、友達と三宮行ってただけだよ」

「友達いたんだ」

「ふっ、あまり兄を侮るでないぞ？」

「アナドリル……？　なにそれキモっ」

「まあまあ、仲良しもその辺にして、二人ともご飯食べちゃいなさい」

「言ってねぇよ！」

「「仲良くない！」」

よく見れば母さんが運んでくるお皿は二人分で、今の発言からしてすみれもまだ食べていないのだとわかる。いつもならすみれは十八時には食べているはずだ。テニス部の部活から帰ってきてすぐに腹が減ったと喚くので、母さんもその時間に合わせて夕飯の準備をしている。

「すみれ、今日部活終わってからどこか行ってたのか？」

「別に行ってないけど。なに？　お兄には関係ないじゃん」

太々しい態度のすみれに代わって、母さんが嬉しそうに微笑んで。

「すーちゃんね、へーくんが帰ってきたら一緒に食べるって待ってたのよ」

「待ってないし！　二人別で準備したらお母さんが面倒くさいと思っただけだから！」

「ふふっ、ありがとうすーちゃん」

「だからお兄のためじゃないから！　キモい勘違いしないでよね」

「はいはい、しないしない」

「二回言うな腹立つ！」

全く、三次元の妹は可愛くない。というか、すみれという現実の妹を知っているから二次元の妹属性にもほとんど魅力を感じなくなってしまった。

困った奴だ。昔はこんなに生意気じゃなかったのにな。

「いただきます」

配信まであと十分。さっさとかきこんで部屋でひらりんを拝まないと。

「お兄、ちゃんと噛《か》みなよ」

「二十時から観たい配信があるんだよ。間に合わなかったら成仏できない」

「なにそれ、そんなに面白いの？」

「面白いぞ。しかも癒される」

「面白くて癒されるってどういうジャンルなの。なんて調べたら出てくるの？」

「朧月《おぼろづき》ひらり。観てみろよ、飛ぶぞ？」

自分なりに朧月ひらりが何をやっている人なのか、考えているのだろう。斜め上に目線を向けたすみれ。

「アイドル？」

ふらわーらいぶは一応ライバーみんなが歌もダンスもするし、それぞれがなんらかの花をイメージしたビジュアルで、所属するライバーが数人で一つのグループになり、ライブ活動などもしているし、アイドルと言っても過言じゃない。というかアイドルだ。

「まあそうだ」

「ふーん、ゲーム実況者か迷った」

ゲーム実況もやっているしなぁ……。

「それも正解ではある」

「は？　めっちゃ色々やるじゃん」

「他にも歌ってみたと踊ってみた、お絵かき配信と雑談配信……」

「ちょっと待って。それはさすがに無理があるでしょ。アイドルって歌とダンスのレッスンもあるのに、そんなに色々やってたら大変じゃん」

「そうだろうな。でもそんな顔一つ見せないで毎日ファンを喜ばせようと頑張ってる。だから推せる！」

「ふーん。ちょっと観てみよっかな」

「本当か!?」

まさかオタクの俺にキモいキモいと言ってくるすみれが、Vを観ることになるなんて思いもしなかった。これでひらりんを応援してくれる人がまた一人増えるし、家族にひらりんの話をできる人がいるなんてなんと喜ばしいことか。観たら絶対ひらりんの魅力に心を摑《つか》まれるんだ。必ずファンになる確信がある。

「み、観たら感想言う……」

「ああ！　待ってる！　よーし、食い終わった！　母さんご馳走様《ちそう》！　食器洗いやるから置いといていいよ！」

「ふふっ、やっとくからいいよ」

「ありがとう！」

食器をキッチンに持っていき、急いで階段を駆け上がった。部屋に入ってまずはパソコンを立ち上げて、待っている間に弾丸の如き速度で部屋着に着替える。

時刻は十九時五十九分。準備は完璧《かんぺき》で、部屋の掛け時計が鳴らすカチカチという音を聞きながら配信が始まるのを待つ。

カチッ、二十時になる瞬間の秒針の音がやけに大きく聞こえて、それと同時にパソコンの画面が切り替わって、ミニキャラ化したひらりんが桜の木の下で美味《おい》しそうに三色団子を頰張る映像が流れる。

配信が始まって数秒、長い時は数分、待機画面でひらりんが現れるのを待つことになる。

でも俺はこの時間が大好きだ。

一見退屈にも思えるが、ひらりんが幸せそうな表情で大好きな和菓子を頰張っているのを見ると、俺まで幸せな気持ちになる。

推しの幸せは俺の幸せだ。ひらりんが幸せそうなこの映像は、ずっと観ていられる。誇張抜きだ。実際一時間ボーっとこの待機画面の耐久動画を眺めていたせいで、翌日のテストで平均点より若干低い点を取ってしまったという武勇伝がある。

一時間そこらで終わってしまうとは、耐久が聞いて呆《あき》れる。もっと長い動画を用意しろ、じゃないと俺は倒せないぜ。

「皆さん、こんばんはっ。聞こえますかー？」

そうこう言っているうちに待機画面が切り替わり、ひらりんのご尊顔と美しい声が俺を迎えてくれる。

『ひらりんこんばんは。聞こえるよ』

「はい俺がイチコメー！」

イチコメだからなんだというのか、とは思うが、やはり推しの配信は一番乗りでありたいと思うのがオタク。実際はひらりんが話す前からコメントを入力していた。

待機画面中に送られたコメントではなく、開始後のコメントでイチコメを狙うためにずっとエンターキーの上で人差し指を待機させていたのだ。

ひらりんはいつも最初の挨拶《あいさつ》と同時に聞こえているかの確認をするのはわかっている。

だからひらりんの声が聞こえる前に聞こえているというコメントを入力し、最速でコメントを送ることに成功したのだ。これがチートというやつだ。

今日も可愛いひらりん。そんなひらりんが今日するのは雑談配信。

ひらりんの配信の約五割を占めるのがこの雑談配信で、ファンが求めているのもこの雑談配信。

それだけひらりんの声とトークが人気なのだ。決して上手いトークだとは言えないが、それが逆にいい。おじさんのファンからは娘を見ているような気持ちで穏やかに視聴しているというコメントがよくある。若い世代にもビジュアルと何をやってもできるのに普段の話し方が天然っぽいというギャップが人気で、全世代から愛される完璧美少女なのだ。

というかもう推しが喋《しゃべ》ってるだけでメシが美味い。

「今日はお友達と学校帰りに遊びに行ったんですっ。クレーンゲームすることになって、私の限定フィギュアがあったので、それを狙おうと！」

『あの限定フィギュアがクレーンゲームに⁉』

『難易度やばそう』

『今はなかなか手に入らないやつだね。もちろん持ってる』

今日加賀美たちに協力してもらってゲットしたフィギュアを見ながら思い返す。

ひらりんも同じ物を狙ってクレーンゲームをしていたのか、これはまるで運命だ。ベートーヴェンだ。

「でもクレーンゲームって難しいですね。結構使っちゃいました。でもお友達と一緒に取って、楽しかったのでゼロ円です！」

謎理論で中身のない小学生の日記のようなトーク。でもそれがいい。ひらりんの話は日記のままがいい。それを聞くことで、ひらりんと一緒に過ごしているように錯覚できるのだ。

「私いつも結構無計画で雑談配信しちゃうんですけど、今日はちゃんと計画してきてますっ！　皆さんの中にも参加していただいた方がいらっしゃるかと思いますが、Xで募集したマシュマロへの返答をしていきたいと思いますっ！　どんどんぱふぱふーっ！」

匿名でメッセージを送れるサイト、マシュマロ。匿名であるが故に送信のハードルが低く、受信者しか見れないのでコメントが集まりやすい神サイト。Vが雑談配信でよく使っているので、もちろん俺も使い方はマスターしている。

『どんどんぱふぱふー』

『俺も送った』

『どうせ読まれない』

それぞれが盛り上がりを見せる中、俺はスマホで送ったマシュマロを確認する。送ってるのは当然だが、俺はどうしても読まれたくて、一人で三十件近く送っている。

送信履歴が残らないので、送る前にスクショしておく、そうすればカメラロールを見ることで何を送ったのかわかる。

さすがに三十件も送っていると自分のがどれなのかわからなくなるので、確認しながら聞くことにした。

「まず一つ目っ、ひらりんの使っているシャンプーを教えてください、とのことです。私が使っているのは市販ではあまり見ないやつで……」

俺の質問ではない。俺は即カメラロールを閉じて、通販サイトを開く。

「いつも通販で買ってるんですけど、ＳＡＫＵＲＡのピンクのやつです！　色々使ったんですけど、これが一番好きな匂いなんです♡」

な、なんだと……。

通販サイトを開いて、ひらりんが使っているシャンプーを買おうと思って待機していた。どうせひらりんが使っているのなら、それを公表した瞬間に俺と同じことを考えるオタクたちが買うに違いない。だからその前に誰よりも早く買ってやる。そう思っていたのに。

「俺が使ってるのと一緒だ……！」

「髪質にも合ってて、凄《すご》くお気に入りなんですっ」

俺の場合は母さんが気に入って買っているのだが、遺伝子が近いからか、俺もすみれも髪質に合ってる。つまり俺とひらりんは髪質が似ているし、同じ匂いだということ。

自分の匂いはわからないが、母さんやすみれから香る匂いはわかる。つまり母さんとすみれの匂いを嗅《か》げば、ひらりんの匂いを嗅げるというわけだ。後ですみれに嗅がせてもらおう。

「次の質問ですっ。好きな男の子をデートに誘いたいのですが、二人だと来てくれなさそうです。友達と四人では出かけたのですが、二人で遊ぶにはどうやって誘えばいいでしょうか？　その男の子もひらりんのファンなので、ひらりんならどうやって誘うか、教えてください。なるほどー」

ひらりんのファンの男の子をデートに誘いたい女の子。まさか……、加賀美じゃないよな？

「私ならストレートに好きだからデートしたいと伝えますっ。でも伝えられませんよねー……、緊張しますよね。そもそも私、恋愛にはあまり詳しくないので、皆さん、一緒に考えませんか？」

『恋愛マスターの俺に任せろ』

『ひらりんに誘われたら地球の果てでも飛んでいく』

『結局は顔が良ければ行く』

俺も恋愛には詳しくないが、妄想力には自信がある。

もしもひらりんと同じ高校に通っていて、もしもひらりんと同じクラスで、もしもひらりんと友達込みで四人で遊びに行って、もしも次は二人でデートに行きませんかと誘われるならどんな誘われ方がいいか。なんだよそれ……。

「最高かよっっっっっっっっっっ!!」

「お兄さっきからうるさい！」

すみれが隣の部屋から壁ドン付きで注意してくる。たしかに俺がうるさかった。申し訳ない。だがうるさくもなる。だってひらりんからデートに誘われるなんて想像しただけで……。

「ふぐぅ……!!　最っ高かよ……!!」

声を押し殺そうとしても、どうしても出てきてしまう。なんなら涙まで出始めた。

すぐにパソコンに向かい、俺は文字を打ち始めていた。気付くとそのコメントはコメントというには長すぎる、文字数制限ギリギリまで詰め込んだ俺の妄想小説のようになっていた。

こんなの冷静に考えれば送るべきではない。でも、この妄想を削除するのは惜しい。コメント欄で供養させてもらおう。

『放課後校舎裏に呼び出される俺、目の前には頬を赤くしながら後ろで手を組み、緊張のせいか落ち着かない素振りを見せるひらりん。ひらりんは俺に気付き、小走りで近づいてきて言う、「今度は二人で、二人だけで、お出かけしませんか？」。ひらりんの瞳《ひとみ》は潤み、脚は震えている。それは緊張の表れで、俺はそれに気付いて早くひらりんを安心させようと頷《うなず》いて「恥ずかしいのに誘ってくれてありがとう。しよう、デート」。ひらりんは恥ずかしくて言えなかったデートという言葉。俺がそれを言うことで、この関係が友達以上であることをはっきりさせる。ひらりんは安心したのかいつもの緩やかな微笑みで胸を撫《な》でおろし「良かった。緊張しましたけど、伝えてよかったです。あなたのこと、もっと知りたいと思っていたので♡」。これでお願いします』

「ふふふふ、ひらりん、俺とデート。ふふふふ」

俺の長文コメントに、コメント欄は騒然、ひらりんはなぜか俺と同じく怪しく笑った。

「ふふっ、凡太さんいいですね。ふふっ」

『凡太やばすぎ　wwww』

『ひらりんオタの俺ですら戦慄《せんりつ》した』

『大喜利ちゃうねんから』

キモい自覚がある状態で送ったが、あの聖人ひらりんですらまさかのキモさに俺のユーザーネームを呼ぶ。俺は名前を呼ばれたことで絶頂しそうになるのをなんとか堪えようとするが、そうもいかず。

「ひらりーーーーーーーーーーん!!」

「お兄うるさい!!」

壁に穴開いちゃうから壁ドンはやめなさい妹よ。あと叫んでしまい申し訳ございません。

その後も二時間ほどひらりんの配信を楽しみ、風呂《ふろ》を済ませて布団に入る。ひらりんの抱き枕を抱えながら、スマホを開いた。

寝る前の日課であるひらりんに関する情報の収集を行うべく、ひらりんのX、YouTubeのコミュニティ投稿の写真の隅々に至るまで、全てチェックする。

こうして毎日調べて、ひらりんが行った場所や買ったものの投稿をかき集めて、俺と同じく関西に住んでいることは既に調べがついている。

普段加賀美にストーカーされてストーカーの迷惑さには困ったものだが、俺がやっているのはただの情報収集。ひらりんにはなんの迷惑もかけていないので、加賀美と違って間違った好意の伝え方はしていない。

加賀美は激ヤバストーカー、俺は優良ネットストーカー。俺はセーフだ。

さて、ネトストタイムはそろそろ終わりにして、ひらりんとのデートを妄想しながら眠るとしよう。目を閉じて、デートの妄想世界へ。

「ふへへへっ、ひらりん……。ふへへへっ」

ひらりんの抱き枕を強く抱きながら、妄想に耽《ふけ》っていると、徐々に眠気が襲ってきて。


『起きてください、遅刻しますよ』

ひらりんの声で目が覚める。今日も素敵な声だ。実際は普通の目覚ましで目が覚めてから、わざわざ枕元に転がっている Bluetooth イヤホンを着け直している。

アラームを止めると、同時にスマホの画面が目に入った。

『並木くん、おはようございます。今日も会えるのを楽しみにしています』

『おはよう』

加賀美からのＬＩＮＥにいつも通り適当に返信したら、Ｘで投稿されているひらりんの朝の挨拶《あいさつ》にコメントといいねを送り、ソシャゲのログインを済ませたらリビングに向かう。

それにしてもいつもなら初っ端から大好きです♡　みたいなＬＩＮＥが来るのに、今日はやけに大人しいな。

「お兄、毎夜毎夜うるさすぎ」

リビングに入ってすぐにすみれの睨《にら》みと罵声《ばせい》を浴びて、朝食のトーストと目玉焼きを食べ始めた。

「俺も堪えようとはしてるんだよ。でもひらりんが可愛くてな……」

「それはまあ……、そうだけど」

「そうだろ？　…………!?」

すみれが今、ひらりんを可愛いと認めた。その衝撃で口に運びかけだった目玉焼きの目玉部分から、とろりと黄身が流れ落ちる。

「き、昨日私も配信観てみたけど、確かにひらりんは可愛い」

「すみれ……」

「なんていうか、その、あれだよね」

「そうそう、それ！」

「なんか、いいよね」

「そーなんだよ!!　言語化できないくらい可愛いってことだろ!?」

「まあそんな感じ。赤ちゃんとか、猫とか、そういう可愛い生き物を見てる感覚。あれはやばいわ。確かに叫んじゃうのも無理ない。にしてもうるさすぎだけどね。おかげでひらりんの配信に集中できない」

「それは誠に遺憾です。つーかすみれ、ひらりんって呼んでるってことはもう既にハマったな？」

朧月《おぼろづき》ひらりはデビュー当初の愛称はひらりちゃんだった。俺も最初はそう呼んでいたし、今でもそう呼んでいる人は何人もいる。だが、ひらりんの沼に溺《おぼ》れた者は皆なぜかひらりんと呼ぶようになる。

これはひらりん推しの中ではあるあるとされている。

ひらりんと呼んでいるか、ひらりちゃんと呼んでいるか、そこでひらりんへの沼のハマり度合いが測れるのだ。朧月ひらりと呼ぶ者なんてまだひらりんの動画や配信に手を付けていないとはっきりわかる。

ひらりんを見て、ひらりんを知って、それでもひらりんを愛でないという選択肢は人類には不可能なのだから。

「お兄のせいだからね。ねね、今日帰ったらお兄が持ってるひらりんのグッズ見せてよ」

「もちろんだ。布教用にいくつか持ってる物もあるし、必要ならやるよ」

実際はシークレット版を狙っていくつも当たった通常版のグッズだったりする。高校生の俺にとって、いくつも発売されるひらりんグッズ全ての布教用を揃えることは困難。いつか本格的に稼ぐようになったらもちろん全て揃えるつもりだが、今は投げ銭といくつかのグッズを集めるだけで精一杯だ。

それにこれからはそれも難しくなるかもしれない。だってもう俺には、放課後遊びに行く友達がいるんだからな。

「お兄今日何時に帰ってくるの？」

「最近友達と遊びに行ったりするからはっきりわからないけど……」

今日はひらりんの配信もない予定だから、もしもまたみんなで遊びに行くことになったら遅くまで遊んでしまうんだろう。でもさすがに連日放課後に遊ぶなんてことにはならないか。

陽キャといえどそんなお祭りみたいなことにはならんだろう。

「むぅ……、お兄、早く帰ってきてよ……」

「わかったわかった、今日は早く帰るよ」

「やったー！　絶対だよ!?」

「布教も立派なひらりんへの応援になる。（自称）ひらりんトップオタの俺に任せとけ」

ひらりんをキッカケに、随分久しぶりにすみれとまともに会話ができたような気がする。

そんな俺たちをキッチンから見ている母さんが嬉《うれ》しそうに微笑んでいるのに、気付かないフリをした。

登校すると、満面の笑みで加賀美が駆け寄ってくる。というのが最近のお決まりパターンだが、加賀美と話していると目立ってしまう。そうなるのは勘弁なので、それを煙たがるのが日常になっている。なのに今日は、珍しく加賀美が俺の方をちらりと窺《うかが》うだけで話しかけてこない。

八重はヘッドホンを着けていたが俺に気付いてヘッドホンを外して「おはよ」と一言。俺も軽く挨拶をすると、またヘッドホンを着けてスマホを触り始めた。八重の反応には特に違和感はなく、いつもこんな感じだったと思う。そして高水は……。

「おーっすなみへい」

「変なあだ名付けんな。それだと毛が一本のお爺《じい》ちゃんになっちゃうだろ」

「ははははっ、朝からキレのあるツッコミだなー」

「なあ高水、加賀美がなんか変なんだけど……」

「え、俺さっき話した時普通だったけど」

八重や高水なら、加賀美の様子がおかしいことにもなにか気付いているかもしれない。

「そうか、ならいいんだけど……」

高水は「ちょっと様子見とくわ、なんか面白そうだし」と言い残して加賀美の方へ向かった。

そのタイミングを見計らっていたように八重が立ち上がり、ずんずんと俺に近づいてきたと思えば俺の手を引いてくる。

「ちょっと来て」

「おいっ、八重、どうしたんだよ」

教室にはクラスメイトがほぼ全員集まっていて、何を話していても誰かの耳には入る恐れがある。

八重はそれを危惧《きぐ》しているのか、教室を出て階段の踊り場まで来てからも周りをキョロキョロと窺って、誰もいないのを確認してから話し始める。

「ごめん、昨日ぼなペティーで逸れた時のことさくらが気にしてたみたいで、隠した方がいいかなって思ったんだけど……」

「あー、そういうことか」

俺の過去の出来事を話してしまった八重は、申し訳なさそうな表情で頭を下げる。でもそんなこと俺はどうだってよかった。あの頃と違って今の俺には自分の好きな物を好きだと言っても一緒に居てくれる、それを肯定してくれる友達ができたから。

「知られても全然構わないよ。でもなんか加賀美の様子がおかしいんだけど、それと関係あんの？」

「……？　そうかな？　私にはいつも通りだけど」

やはり、俺以外にはそう映るのか。でも今日の加賀美はやっぱりおかしい。今朝のＬＩＮＥも、いつもより勢いがなかったし、何か俺嫌われるようなことしたかな。でも嫌いになったらそもそもモーニングＬＩＮＥなんてしないか。

「まあ俺の話は別に問題ないよ。ただ心配なのは島田だな」

「島田って確か昨日の……？」

「そうそう、あの女子」

俺が中学時代好きだった女の子で、俺がひらりんにハマるキッカケにもなった人物。今となってはひらりんにハマるキッカケの一つになってくれたことには感謝している。だがやはり、まだあの頃のトラウマが消えないのも事実。

加賀美や高水、八重になら話しても構わないと思っていたから、別に八重が話してしまったことについては問題はない。あいつらならバカにしたりしないだろう。……高水はちょっと怪しいな。

短期間で信用しすぎかもしれないが、きっと長いことボッチだった反動なのだろう。ちょっと優しくされるだけで心を許してしまっている。みんなの人柄の良さがあってのことだが……。

「なんでその子が心配なの？　並木は恨んでてもおかしくない立場だと思うんだけど」

「島田が俺を傷付けた過去があるってことをあの加賀美が許すか？　あいつなんでもできるし、普段見せないけどストーカーしてたりちょっとヤバいところもあるじゃん。俺の代わりに復讐《ふくしゅう》しようとか企んでそうで……」

「確かに、普段誰に対しても寛容だけど、並木のことになると未知数だもんね……。さくらを敵に回したら末代まで根絶やしにしちゃえる能力もあると思うし……。でも幼馴染《おさななじみ》で親友の私の意見としては、さくらはまた並木を攻撃しないなら見逃すと思うよ。過去のことなら反省してるかもしれないって、またやらない限りは大丈夫じゃないかな」

「まあ、親友の八重が言うなら大丈夫か」

八重はなぜか頬を赤くして。

「もう……、なに普通に言ってんの。照れるじゃん」

何を照れているのかよくわからなかったが、もしかして俺と八重が親友だと言ったみたいになってないか。

そんな恥ずかしいこと言えないし、そのつもりはなかったが、照れてるということは嫌ではないということか。なんか俺まで照れてきたな。

「ま、さくらは別におかしくないと思うし、何かあったら報告するから安心してよ、親友っ」

俺の脇腹を小突いて走り去っていく八重。親友のハードル低いし親友って一人じゃなくてもいいんだな。高水とか親友めっちゃいそう。

その後も加賀美の様子はおかしいままで、俺にだけなぜか話しかけてこない状態が続いた。

高水や八重、他のクラスメイトとは普通に話しているのに、俺にだけ話しかけてこないし、目が合ってもすぐに逸らされる。

ストーカーしてくると怖いしウザいが、一切話しかけてこなくなるとどこか寂しさを感じる。まさか加賀美の奴、押して引いての駆け引きをしているつもりだろうか。

だとしたら俺を侮りすぎだ。俺がそんな単純な方法を試した程度でひらりんから加賀美に乗り換えることなどない。

だから、だから早く、いつもの加賀美に戻ってほしい。友達だと思っていたのに、急に無視されると……、結構くる。

昼食の時間になり、八重と加賀美が俺の席に来る。その少し前から俺の前の前川さんの席を勝手に陣取ってる高水が、コンビニの袋の中から出した菓子パンを振り回しながら二人を歓迎した。

「並木、一緒に食べよ」

八重は目で言っている、「とりあえず連れてきてみた」と。ナイスだ、このままだと徐々に疎遠になって、せっかくできた友達を失うところだった。

「並木、今日の弁当美味そうだな。なんかおかずくれよ」

高水がいじめっ子のような口調で俺の弁当に手を伸ばす。その手を八重が叩《はた》き、まるで母猫が子猫を叱るように唸《うな》り声だけで黙らせる。

「そのおかずは私が狙ってたの。だからダメ」

「お前も奪うのかよ」

そんなに美味そうかな、卵焼き。母さんは料理上手だけど、二人とも昼食があるんだからそれを食べればいい。でも俺の弁当のおかずを求めて二人が争っているのがなんだか嬉《うれ》しかった。ボッチ精神極めすぎだろ俺。

「そういや並木、昨日推しちゃんの配信観たぜ。八重も並木もハマるってことは相当面白いんだろーなーって思って」

「まじか!!　どうだった!?」

「可愛いな。でも途中で寝ちゃってほとんど何も覚えてないんだよな」

「確かに、ひらりんの声を聞いてると眠くなる。F分の一ゆらぎって知ってるか、ヒーリングミュージックとかに使われている、人間がリラックスできる音のことなんだけど、ひらりんは地声でそれを備えているんだ」

「まじ？　やば、天才じゃん」

　適当に言ったが信じているのでそういうことにしておこう。実際ひらりんの声にはリラックス効果があるのは俺で実証済みだし、嘘ではないと思う。知らんけど。

「並木、それ本当？　私でも知らなかった」

「いや、適当に言った」

「なにそれっ、並木も冗談とか言うんだ、ははは っ」

　思いの外ウケたことで嬉しくなって、またボケを積み重ねようとすると、さっきまで黙っていた加賀美が笑い出す。

「ふふっ、並木くん、面白いですっ」

「笑った……」

　どうやら俺は嫌われていたわけではなかったらしい。加賀美が笑ってくれたことで心底安心したが、それは加賀美が好きだからとかそういうのではない。ただ、友達として嬉しいだけだ。好きな人を笑わせたとか、そういうのでは決してない。だからひらりん、これは浮気《うわき》じゃないよ。

加賀美が笑っていることに意識を持っていかれていたが、俺が加賀美の機嫌を伺《うかが》っていたことがバレないように弁当に意識を向けなおすと、おかしなことに気付く。

「卵焼きがない……」

八重と高水は、俺と目を合わせないようにしながら何かを咀嚼《そしゃく》している。それが卵焼きだという確信はないが、おそらく犯人はこいつらだろう。

「高水、口元に卵焼きの欠片が付いてるぞ」

「嘘っ、まじ？　やばいバレた？」

「嘘だよ。高水テメェ」

「ダメだって高水。ちゃんとバレないようにやらなきゃ」

「お前もバレてるからな八重。ってかお前に関しては弁当に卵焼き入ってるだろ」

「何言ってんの並木。これは並木のお母さんの料理力を試したんだよ。お弁当で一番料理力がわかるのが卵焼きなんだからさ」

「わけわかんねぇこと言ってないで八重の卵焼きよこせ」

「あぁ……！　私の卵焼き……！　並木最低……」

「ほんっと並木くんサイテーなんですケドー！」

なんで俺が悪者になってんだよ。あと高水のそのキャラはなんだ。

俺が八重から奪った卵焼きは俺の口に運ばれる前に、俺の手を摑《つか》んだ加賀美によって加賀美の口に運ばれて。

「ん～！　さすがさっちゃんママ、美味《おい》しい！　並木くんには私のをあげますねっ、食べてください♡」

加賀美はそう言って自分の弁当に入ってる卵焼きを俺に差し出してくるが、本来なら俺の弁当箱に入れればいいものを、なぜか差し出された卵焼きの位置は俺の口がある高さで、それが食べさせようとしているのだと気付いた高水が口笛を吹いて茶化してくる。

加賀美はわかってやっているのだろうか、俺に食べさせようとしていることで、間接キスになること。なんならもう、既に俺の箸《はし》で持っていた八重の卵焼きを食べた時に、しているとことも。

「い、いや、みんな見てるし恥ずいって……」

弁当箱を口の高さまで持ち上げて、強引に弁当箱で受け止めた。こういうこと平気でやってくるの、なんなんだよ……。無意識なのか……？

「並木照れてるぅ～」

「高水テメェ……！」

　そこからは加賀美が俺だけを不自然に避けることもなく、昼休みの時間が過ぎていき、高水と八重がそれぞれの席に戻っていく中、なぜか加賀美だけが俺の前から離れようとしない。

　何か言いたげな表情と、緊張しているのか両手の指先を合わせて落ち着かない態度で。

　いい加減、さっきまでなぜ俺を避けていたのか気になってしまって。

「加賀美、何か言いたい事でもあるのか？　いつまでも避けられてる気になってこっちまで気を遣っちゃうんだ。何かあるのなら言ってほしい」

　こうして腹を割って話せば、きっと加賀美なら応えてくれる。誠実な奴だって、わかってる。ストーカーさえしなきゃ本当に良い奴なんだ。ストーカーさえしなきゃな！

「その……、ここでは言い辛いので、放課後校舎裏に来てもらえませんか？　二人だけで、お話ししたいことがあるんです」

　艶《つや》っぽい表情で、震えた声で、何か決意を固めたような意志のある瞳《ひとみ》で。

　それから放課後になるまで、俺は全く授業に集中できなかった。

　校舎で陰になっていて湿気に満ちた校舎裏。近くにはバスケ部が練習している第二体育館があって、ゴム底の靴が体育館を蹴《け》る音が聞こえてくる。

換気と温度調節のために開放された窓からは音の他にも部員たちが掛け合う声や、コーチらしき男性の大きな声。

やけに辺りの音に敏感になってしまう。放課後、高水から軽く挨拶《あいさつ》された程度で難なくここまで来られた俺と違って、加賀美は人に囲まれていたから遅くなるだろう。

加賀美が来るまでここで待っていることにしたわけだが、その待ち時間数分を使って俺はとある訓練をしていた。

加賀美が俺を校舎裏に呼び出す理由なんて、一つしか思い当たらない。

俺はこれから、加賀美に告白されるんだ。この場所に呼び出すのも、今朝から加賀美の様子がおかしかったのも、そうなら辻褄《つじつま》が合う。だから、俺は加賀美が来る前に訓練する必要があった。

「うわぁ！　やったー！　一位です一位！」

スマホで観ている動画。喜ぶひらりん集というタイトルの切り抜き動画を観て、精神統一を図っていた。

仮に加賀美が俺に告白してきたとしても、俺は決して折れない。心に突き立てた生涯ひらりん推しという旗を加賀美に折られないように、今一度ひらりんでしか得られない栄養を摂取しておく。こうすれば加賀美を前にしても美少女ではなくただの虫けらだと思える。ひらりんと比べれば、みんな虫けらなんだ。そうだろ、凡太。

「並木くんっ、お待たせしましたっ！」

「ひゃっ、ひゃい！」

生まれてこの方彼女などできたことはない。もちろん、告白されるなんてイベントは俺の人生では発生しないイベントとして考えていたくらいに可能性すら感じたことはない。

だが今ここで、俺の人生は大きく変わろうとしている。

「お話、なんですが……」

両手の指を交差させて、斜め下に目線を向ける加賀美。その仕草で緊張しているのだとはっきりわかる。

普段から「大好きですっ♡」とかよく言ってるが、あれには半分冗談みたいな空気がある。でも今回は本気だと、空気からしてわかる。

ここで振れば、友達ですらいられなくなってしまうのだろうか。普通に考えれば振られた相手と友達というのも拷問のようなものだし、加賀美のためにもそっけなくしてさっさと切り替えてもらった方がいいだろう。

だって俺には、ひらりんがいる。ひらりんを裏切るわけにはいかない。

「並木くん」

緊張しているが、それを必死に乗り越えて、加賀美は俺に接近する。手を伸ばせば触れられる距離まで来て止まった加賀美は、交差させていた指を絡めて、祈るように言った。

「——今度は二人で、二人だけで、お出かけしませんか？」

「へっ……？」

「ほら、偶にはどうかなって。ななな、並木くんが嫌なら諦《あきら》めますっ。でももしも、もしも少しでも行ってもいいと思えたならっ！」

加賀美と、俺が、二人で、お出かけ……？

「並木くんともっと仲良くなりたいんです。並木くんともっと一緒にいたいんです。並木くんをもっと知りたいし、並木くんに私をもっと知ってほしいんですっ」

「……うん」

「並木くんが推しさんを大好きなのはわかってます。それを否定するつもりはありません。でも、並木くんが推しさんを大好きなように、私も並木くんが大好きなんです。一人の男性として……。だから、私にチャンスをいただけませんか？　絶対に楽しませます！　……どう、でしょうか……？」

加賀美は教室にいた時もそうだったが、緊張のせいで声も手も震えている。今は少し涙目にもなっていて、ひらりんで決意を強くしたスーパー凡太状態の俺ですら、心の天秤《てんびん》が加賀美に偏ってしまい、庇護《ひご》欲を刺激される。

加賀美と出かけること自体は嫌ではない。友達として仲良くしたいとは思っているし、日頃の感謝もある。

結局のところ、俺が恐れているのはひらりんがどうのとか、そういうことじゃないんだろう。きっと中学の時のように、裏切られるのが恐いだけなんだ。

三次元の女の子を好きになっても、いつかは離れていってしまう。それがどうしようもなく、恐いんだ。

「行こう」

「本当ですかっ⁉」

恐いけど、加賀美も八重も高水も、短い付き合いだけど、みんな良い奴だってわかってる。みんな俺の好きな物を否定しないってわかってる。だから、こうして勇気を出すことができる。

「よかったですっ、断られるんじゃないかってずっと不安でっ」

加賀美は泣きだしそうな勢いで喜んでいて、それを見ていると俺まで嬉《うれ》しくなっていて。

「どこ行こうか、俺女の子と出かけるのなんて初めてだから、どこ行けばいいかわからないし……」

「実は私も初めてなので……」

二人して固まってしまう。普段加賀美が行く場所なんてよくわからないし、俺が行く場所は昨日みんなで行ったし……。

「そうだ！　こういう時は恋愛慣れしてる高水くんに訊《き》いてみましょう！」

たしかに、高水なら詳しいだろう。でもなんかアイツに訊くの、癪《しゃく》だなぁ……。それに、加賀美と二人で行く場所、なんて訊けばきっと茶化される。誰と行くかは伏せて訊いた方が良さそうだ。

「俺が訊いてみるよ。日程だけ決めて、場所は後で決めようか」

「わかりましたっ、ありがとうございます♡　今週末の日曜日なら一日空いてるんですけど、どうですか？」

三日後の日曜日か、展開が早いな。三日後ともなると一気に現実味を帯びてくる。

今週の日曜ならひらりんも配信は休みの予定だったし、何時になっても大して問題はない。そもそもこういうのって何時から何時までが普通なんだろう。

普通に友達と遊びに行くのと一緒なんだろうけど、そもそも俺は友達が全然いないからそれすらもよくわからない。その辺りも高水にそれとなく訊いてみるか。

「日曜ね、行ける。それじゃあ詳しいことはまたＬＩＮＥで話すか……？」

「そうですねっ。きょ、今日は帰りましょうか」

加賀美が無意識に少しずつ俺に迫っていたことに気付いて、距離をとってスマホに視線を向ける。その綺麗《きれい》な横顔はいつもより赤くて、冷静になればなるほど今の異常な空気を感じ取ってしまって。

「じゃ、じゃあまた……」

「はいっ、……また明日《あした》」

二人してこの場から逃げるように、駅までは同じ道だというのに、別々に歩いて帰ろうとしている。前後に並んでいる状態にはストーキングされているせいで慣れたが、今日のはいつもと違う。お互いがお互いを意識して、気まずい雰囲気だ。

前を歩く俺は、グラウンドを横切って、ふと何かの気配を感じてグラウンドの方へ視線を向けた。その瞬間、白くて丸い何かが迫ってきて。

「並木くんっ!!」

加賀美の声と同時に、おでこに強い衝撃がくる。

「……木くんっ」

遠くで加賀美の声が俺を呼んでいて、なんだかその声が、ゲーム実況中に珍しく大きな声を出すひらりんと似ている気がした。

「知らない天井だ……」

正確には大体の見当はついているが、こうして見上げるのは初めてだ。どうやら気を失っていたらしい俺が起き抜けに放った言葉で、すぐそばでパイプ椅子に座っていた加賀美が視界に入ってくる。

「並木くん！　良かった……！」

知らない天井の後はとにかく整った顔だ。まだ頭が働いていないのか、ただボーっとその可愛い顔を眺めていると、どんどん赤くなっていく。

「そんなに見つめないでください……」

「あ、悪い……」

じゃあまた、とか言っておいてなんだよこの状況。

保健室のベッドで横になる俺を、隣で心配そうに見つめる加賀美。こんなの誰かに見られれば何を言われたものかわからない。

「他に誰かいないの？」

「保健室の先生は今外出中らしいです。一旦《いったん》横になった方がいいかと近くにいた柔道部の方に運んでいただきました。それより、どこか違和感があるところとかはありませんか？」

「特に、ないかな」

強いて言えば、少し熱い。でもそれは他の誰でもない、加賀美にだけはどうしてもバレたくないことだ。この熱は、加賀美とこの状況にいることで発生したものだと確信していたから。

「並木くん、漫画みたいに倒れて、凄《すご》く心配でした……」

「高水だったら笑いそうだな。それより、帰らなくていいのか？」

時計を見れば俺が野球ボールに襲われた時間から大体三十分くらい経っている。加賀美は色々と忙しそうだし、こんなところで俺のことを看ていていいのか。……よく考えればいつも後ろをついてきているし、暇か。

「平気です。それにまだ並木くんは動かない方がいいと思うので、先生が来て診てもらってから帰りましょう。それまでは、一緒に居ちゃダメですか……？」

「いや、ダメってことは、ないけど……」

ダメじゃない。ダメじゃないから、その潤んだ目で上目遣いするのやめろ。可愛い。

「ありがとうございますっ♡　じゃあ先生を待っている間、恋バナでもしませんか？」

「恋バナ？」

さすがに意味はわかるが、どうして今なんだ。日曜のことがチラついてしまう。

「はい。並木くんは、ひらりさんのどこが好きなんですか？」

「聞いてどうするんだよ。探し出して消す、とか言わないよな？」

「ふふっ、どうでしょう」

やりかねないんだよ、加賀美なら。

「どこって言われても、全部だな。顔も、声も、話し方も、考え方も、全部が理想っていうか……、違うな。ひらりんを知ってから、ひらりんが理想になったんだ。あそこまで完《かん》璧《ぺき》な女性は、他にいない」

言ってから、目の前の加賀美もそうなのかもしれないと、心の底で感じていたことをなかったことにするように、加賀美から目を背けた。

「私に、並木くんの気持ちの隙間に入ることはできますか？　もしもほんの少しでも、可能性があるのなら、正直に教えてほしいんです」

加賀美の真剣な声に、また視線を向ける。熱い視線と、覚悟の乗った瞳《ひとみ》には、嘘は吐けない。咄嗟《とっさ》に、さっき見ないフリをした本音が、零れる。

「絶対にない。……とは、言いきれない」

濁した中途半端な言葉で、加賀美に僅《わず》かな希望を残すことは不誠実だと思う。でも、ひらりんしか愛さない俺と、本当は二次元に逃げているだけなのではないかと諭してくる俺が、脳内で争って、咄嗟に出た答えがそれだった。

本心なんて自分でもわからなくて、二次元に逃げている、というのも頷《うなず》ける。俺は過去のことから、人と深く関わり、友達でも好きな人でも、誰かを好きになることで傷つくことを恐れていて、三次元から目を逸らしているだけなのだと、わかっている。

ひらりんを愛してやまないというのも本音だ。ひらりんのいない世界で、生きていける自信がない。ひらりんがいなければ、あの時空き教室に逃げ込んだ時からずっと、何も受け入れない引きこもり状態になっていたと思う。

推しのVtuberと結婚するという目標だって、内心無理だとは思っている。でもそれを無理だと割り切って、二次元からも逃げてしまったら、俺は一体どこに行けばいい。

俺は一体、誰に言い訳しているんだ。

「……そうですか」

「悪い、きちんと振り切れなくて」

「いえ、いいんです。私は並木くんが幸せでいてくれることが一番ですから」

その言葉で、加賀美の気持ちを少し理解できた。

きっと俺がひらりんを好きなのと一緒なんだ。ひらりんが幸せならそれが一番良い。俺もそう思う。でも、もしもその幸せの世界の中に、俺が居ればもっと良い。

ただ好きでいたい、ただ隣にいたい、ただ見ていたい。その気持ちが強すぎるあまり、加賀美はストーカーになってしまったし、俺もネットストーカーになってしまった。

俺たちは、似た者同士だな。

「すみませーん」

「「……!?」」

突然保健室に響いた声は、一歩一歩探るようにこちらに近づいてくる。

声の様子からして保健室の先生に診てもらおうと来た男子生徒、だろうか。

カーテンに囲まれたベッドで、隣に座るのは学年一の美少女加賀美さくら。この状況を見られれば、俺の平穏な高校生活は幕を閉じる。

加賀美は声のした方に振り向いてから、焦った顔で俺を見る。どうやら俺が危惧《きぐ》していることを察したらしい。

ゆっくりと近づいてくる足音は、もう側まで来ている。

「誰かいませんかー?」

咄嗟に、パイプ椅子から腰が浮いた加賀美の手を取った。

カーテンが開き、そこから白いユニフォームを着た野球部の男子が顔を出す。

「あっ、いた。さっきボール飛ばしちゃった者なんですけど、大丈夫そうですか？　後で柔道部の人から教えてもらって急いで謝りに来たんですけど……」

「全然平気です。保健室の先生来るまで一応待ってろって言われたんで、とりあえずいるだけですから。気にしないでください」

俺がそう言うと、男子生徒は安心したように息を吐いて。

「いやー、本当にごめんなさい！　まさか自分があんなに長打打てるとは思わなかったです」

「ははっ、ナイスバッティング」

早く。

「見てました!?　あの難しい球をあそこまで飛ばしたんですよ!?　いやー、次世代の小谷翔平《しょうへい》かと思いましたよね」

「ボールが当たる直前まで気付かなかったんで、見てませんでしたね。次世代の小谷翔平なら見ておくべきでした」

いつまで居るんだ、早く出ていってくれ。

「じゃあ本当すみませんでした！　お大事に！」

「はーい」

あまり申し訳なさそうには見えなかったが、謝ってくれたのでいい。それよりも、だ。

遠くなっていく男子生徒の足音。完全に戻ってくる気配がなくなってから、布団を捲《めく》って中を覗《のぞ》き込む。

「びっくりしました……」

男子生徒がカーテンを開ける直前、咄嗟に加賀美を布団の中に匿い事なきを得たが、布団の中は軽く事件だった。

加賀美は横になった俺の脇腹に顔を埋めて、二人いることがバレないように丸くなっていた。そして今、俺が布団を捲ったことで男子生徒がいないと察した加賀美が顔をあげた。そのせいで顔がやたらと近い。加賀美の頭が鼻先にあるせいで、シャンプーの匂いだろうか、どこかで嗅《か》いだことのある良い匂いがする。

加賀美がいることがバレないように密着しなければならなかった。咄嗟に腰に回した腕が、華奢《きゃしゃ》な加賀美の身体を抱くように支えて。

それだけならまだマシだ。ドーナツ屋での距離よりも近い。少し間違えれば唇が当たってしまうような距離。うっかり何かの間違いで、当たってしまう前に、離れなければいけない。だというのに、俺が腕を解いても俺たちの身体が離れない。

「加賀美……？」

余裕がなくて気付いていなかった。加賀美の腕が、俺の身体を抱きしめていることに。

「す、すみませんっ。つい……、今離れますから」

俺の上で四《よ》つん這《ば》いになる形で起き上がろうとする加賀美の髪が俺の耳にひらりと落ちてきて、背筋に電気が走ったような感覚になる。おかしい、俺はこんなに敏感じゃなかったはずなのに。

「ちょっ、加賀美っ……！」

「えっ？」

加賀美が前屈みになったことで気付いた。

「リボン、取れてる……！」

「あっ……あわわわわっ」

決して小さいとは言えない膨らみが二つ、リボンが取れたせいでできた胸元の隙間からこんにちはと挨拶《あいさつ》してくる。

思い返せば、さっきまではこれが俺の身体に密着していたんだ。あの時強引にベッドに引きずり込んだせいだ。俺はなんてことを……。

慌てた加賀美はすぐにベッドから降りて、上履きを履くよりも先にリボンを着けなおして、背中を向けたまま首だけ回してこちらを見る。

「見ましたか……？」

「……なにが」

「むぅ……、並木くんの、えっち」

野球ボールが頭に当たったんだし、しばらくは布団から出ない方が良さそうだ。先生、頼むから今は来ないでくれ。

♥四話♥

# デートはどこに行くかよりも誰と行くかが重要だし、始まりよりも終わりが重要。

「ちょっとお兄！　遅いよ！」

保健室の一件を経て家に帰ると、セーラー服姿のすみれが仁王立ちで待っていた。学校帰りだろうか、俺も学校からそのまま帰ってきたし、放課後色々あったとはいえどそれほど遅いとは思えないが。

「すみれ、部活は？」

「今日はテスト期間で休み！　それより早く早く！　ひらりんのグッズ！　そのためにダッシュで帰ってきたんだから！」

じゃあテスト勉強しろよ受験生。

「わかったから引っ張るなよ」

まさかすみれがここまでひらりんにハマるとは思っていなかった。血は争えないな。

部屋に入るとすみれはソワソワしながら扉の前で立っているので、「座れよ」と促すとすぐ近くにある座椅子ではなくなぜかベッドに座った。それでもまだ落ち着かないのか、ウォークインクローゼットからグッズを出そうとする俺の後ろに立ったり、中を覗き込んできたり、飾っているひらりんのフィギュアを眺めたり。

こうして俺の部屋で二人きりになるなんて、一体何年振りかわからない。数年前までは仲良く二人で遊んでいたのに、俺が思春期に入ってから冷たく接してしまって、俺が思春期を終える頃にはすみれが思春期に入り、いつの間にか兄妹《きょうだい》仲は悪くなっていった。

またこうして仲良くやれそうなのも、ひらりんあってのこと。

「いくつか持ってるやつはあげるよ。これとか超可愛いだろ。ひらりんのステッカー。一枚百円だったからついつい沢山買ってしまった」

「うっわなにこれ、顔面天才じゃん。まじ生まれてきてくれてありがとうひらりん」

「お前ハマりすぎだろ、俺でもちょっと引くわ」

「仕方ないじゃん、ありえないくらい可愛いんだもん」

「たしかにたかし」

たしかに、と同意する時の最上級表現、たしかにたかしが出るほど激しく同意する。たった一回配信を観ただけでここまで人を魅了する力が、ひらりんにはあるのだ。

「ねえねえ、このフィギュアやばいんだけど、これはダメ？」

棚に飾っていた限定フィギュアを指さしたすみれ。それは加賀美《かがみ》たちと協力してクレーンゲームで取ったもの。限定だからあげたくない、というのももちろんあった。でも、それよりもみんなで取った思い出を渡したくないと、そう思った。

「それは絶対だめ。限定品で中々手に入らないし、ちょっと思い入れもあるんだ」

「ふーん、そっか……」

残念そうな表情のすみれは、少し間を空けてから続ける。

「じゃあさ、これ見にまた部屋来てもいい？」

「別に構わないけど、壊しちゃだめだからな」

「壊すわけないじゃん！　こんなに可愛く作られたひらりん、触るのも烏滸《おこ》がましいよ」

おーおー、立派にひらりんオタクになっていてお兄は嬉《うれ》しいぞ。

「こういうのってどこに売ってるの？」

「んー、ひらりんは人気だし、クレーンゲームとかの景品になってることはよくあるけど、フィギュア以外にも色々あるグッズを見たいなら三宮まで行って、アニマートとか行くと色々見れるぞ」

すみれがアニマートに行く姿は全く想像できない。すみれも島田のように、オタクをバカにするタイプの人種だと思っているからだろうか。

「ふーん、じゃあ今度ついてきてよ。一人じゃ場所わかんないから……」

「調べれば場所はわかるだろ、マップアプリとか使ってさ」

「わ、私マップとかあんまり使わないし使い方わかんない」

「いやいや、そんなわけないじゃん。若いんだから余裕だろ」

「わかんないのっ！　それに行ったことない店一人で行くの恐いし……。普段絶対行かない店だから余計に」

「友達と行きゃいいじゃん。友達いっぱいいるだろすみれは」

すみれは、と自分で言ってて悲しくなるな俺。

「友達にアニメ好きな子いないもん。お兄、上辺だけの友達すらいないからわかんないか、気遣うの」

「ぐぅ……、お前口撃力高すぎ……」

サラッと毒吐くなよ。実は結構気にしてるんだから、あんまりきついこと言うと泣いちゃうぞ。家族も引くくらい大声出して泣いちゃうぞ。

「いい!?　絶対ついて来てよね！」

「わかったよ。……その代わり、すみれに訊《き》きたいことがあるんだ」

「……？　なに？」

すみれは俺と違って友達は多いし、恋愛経験もありそうだ。

貴重な女性の意見を聞ける良い機会。だがクラスの女子と二人で出かけることを妹に言うのはなんだか照れるな。適当に濁せばいいか。

「俺の友達がクラスの女の子と二人で出かけるらしいんだけど、どこに行くのがいいのか悩んでるみたいでな。俺はそういうの詳しくないから、恋愛慣れしてそうだし、すみれに聞かせてほしいなって。と、友達の話だけどな！」

「私、恋愛なんてしたことないんだけど……」

「そ、そうか。じゃあまあ、うん。いいや」

なんだ、なんで俺は少しホッとしている。まだ妹が変な男に捕まった経験はないと知れたことへの安心感か？

「でも、どこでもいいと思う」

「その心は？」

「だって、クラスの男子と遊びにいくなんて、好きじゃなきゃ絶対嫌だもん、面倒くさい。大体の女子がそうじゃないかな。まあ、ちょっと気になってるから行ってもいい、くらいに思ってるかもしんないけどさ……。二人で出かけるのが決まった時点で、その女の子の中ではその男の子のこと、アリだって思ってるってことだと思う。じゃあ変に背伸びせずに、三宮とかでウィンドウショッピングするだけでも良いと思う。重要なのは、どこに行くかよりも誰と行くか、でしょ？」

「お前絶対恋愛慣れしてるじゃん」

じゃなきゃ人生何周目だよ。ちょっとかっこよかったし、なんだよ、本当に俺の妹かよ。

「別に……、恋愛ドラマでしか恋愛したことないし」

毎回新しい恋愛ドラマが始まる度に主演の俳優がかっこいいと言ってハマっているのはいつも見ていて知っているが、恋愛ドラマってそんなに学べるのか。……俺も観るか。

「ちなみに、どこに行くつもりなの？」

「今のところ何も思いつかなくて、どうしようって思ってた。でも、今の話聞いてウィンドウショッピングとかでいいかって思ってきたな。加賀美ならきっとなんでも楽しむだろうし……」

「ふーん、加賀美さんっていうんだ」

「あ。…………ち、違う！　加賀美と、俺の友達の高水《たかみ》がだな！」

「いや無理無理、もう言い訳できないって。デートじゃん、良かったねお兄のくせに」

語尾に毒付け足すのやめてもらえますかねぇ。

「アドバイスしたんだからお土産よろしく～」

そもそもすみれがアニマートに行くのに付き添う条件で聞かせてもらったはずだが。

「お土産って、行くのは市内だぞ」

「地元のお土産って食べないじゃん？　敢えてだよ敢えて」

そんな意味のわからんことに俺の大事なバイト代は使えない。俺のバイト代は全て、ひらりんのために使うと決めているのだ。

「あら、へーくん、デート行くの？」

いつから居たのか、部屋の扉を開けっ放しにしていて気付かなかったが、扉の前にエプロン姿の母さんがニコニコ微笑みながら立っている。

最悪だ、男子高校生の母親に聞かれたくないことランキング第二位である異性事情を聞かれてしまった。ちな第一位はエロ全般。

「さくらちゃんとよね？　よかったじゃない」

「母さん、なんで全部言っちゃうの……」

「へー、加賀美さくらか。可愛いの？」

まだ加賀美と会ったことがないすみれは、どうせお兄のデート相手なら平凡な女でしょ、みたいなニュアンスで母さんに訊いた。

「可愛いわよ。アイドルみたいだし、礼儀正しいし、母さんお嫁さんに来るならさくらちゃんが良いわね〜」

「ふーん、お母さん誰でも褒めそうだからあてになんない。お兄、写真とかないの？」

「ないし、あっても見せん！　もう二人とも出て行けー！」

「ふふっ、へーくんったら照れちゃって」

「ちょ、お兄押さないで！　つーかどこ触ってんのよ！」

「痛っ！」

加賀美のストーキングにはほとほと呆《あき》れるが、加賀美のおかげで良かったことも沢山ある。週末二人で出かける時は少しでも、その恩返しができればいいな。

俺にできることなんてたかが知れている。でも、少しでも、ほんの少しでも、行って良かった、誘って良かった、そう思ってもらえたら、……嬉しいな。


金曜日。加賀美と出かける二日前になってしまった。

その日が近づくにつれて、緊張が膨らんでいく。加賀美も、同じ気持ちなのだろうか。

「俺は天井を見上げながらアイツのことを考えて、気付けば微笑んでいた」

「高水、勝手にモノローグ付けんな」

「だってそんな感じのオーラ出てたぜ？　なになに、加賀美と進展あった？」

コイツ、中々に勘が鋭い。

「進展なんて言えば俺が加賀美との関係を進めたい、恋愛的な意味で、みたいに聞こえるけど、俺には将来を誓った相手がいるからな。加賀美とはそういうのではない。そもそも俺は三次元に興味がないし、たしかに加賀美は可愛いとは思うけど、それとこれとは話は別で……」

「早口でまくし立てんなよ、早すぎて何言ってっかわかんねーし」

俺のオタク行動に高水は腹を抱えて笑う。

「まあ、悩みはありそうだよな。加賀美関係で」

「そんな顔してたかな？」

「してた。ヘータローは予測不能な奴だけど、結構わかりやすいところもあっておもしれーんだよ」

「俺平太《へいた》だけどな」

高水は「わざとだって」と言い、またケラケラと嬉《うれ》しそうに腹を抱える。

「何悩んでんだよ、相談してくれよ俺たちマブだろ？」

「まぶ……？」

「マブダチの略だよ。親友。親しい友達。ブラザー！　オーケー？」

ブラザーは兄弟だけどな。

「悩みっていうか、そもそも俺の友達の話なんだけど……」

加賀美と二人で出かけることが高水にバレたら、きっとからかわれる。嫌味なからかい方はしないだろうが、なんだか照れくさい。だからこうして前置きしておいたのだが。

「その出だしは確定でへー坊の話じゃん」

「ちょっと黙って聞いててくれる？」

それから俺のあだ名のレパートリー多くない？

「俺の友達がクラスの女の子と二人で出かけることになったんだけど、お互い恋愛慣れしてなくてどこに行けばいいかよくわからないらしいんだよ。俺に相談してきたけど、俺もよくわかんなくてさ」

「まだ友達の話設定続けるんだ、へーゴロー友達俺らしかいないのになっ！」

もういい、無視しよう。

「だから百戦錬磨の高水に、どこに行けばいいか聞きたいんだ」

高水は難しい顔で首を傾げる。百戦錬磨と言われたことに対して謙遜《けんそん》しないんだな、コイツ。

「その子とどうなりたいか、によるな」

「どう、とは？」

「付き合いたいのか、セフレにしたいのか、好かれててウザいから嫌われたいか」

どれも違う。さらっと真顔でとんでもないことを言う奴だ。セフレなんて、俺の人生において無縁だと思っていたが、高水は俺ならセフレを作ることが可能だと思っているのか。いや、ただ選択肢の例として挙げただけだろう。調子に乗るな、俺。

「友達のままで、いたい。嫌われたくないし、事情があって付き合えない」

「ふーん、じゃあその友達は、その子のことを好きなのかもしれないな。事情ってやつがなきゃ、付き合いたいって思ってる、俺にはそう聞こえる」

見透かしたような顔をして、口角を少し上げた高水は俺を見る。そこにからかおうという思惑は全く感じない。ただ友達の背中を押すべきかどうか、まだわからずに試しているような、そんな表情と声音で。

「どう、かな……。友達に訊《き》かなきゃ、わからない」

「まあ、じゃあどのパターンになったとしても役立つように、全部のパターンでアドバイスしといてやるか。ちゃんと後でその友達に伝えてくれよ？」

「ああ、それはもちろん」

「まず、その子と付き合いたいのならだけど――」

「今日は前回読めなかった分のマシュマロを読んで、お返事をしていきたいと思います！」

リビングのテレビで、ソファにすみれと並んで座ってひらりんの配信を観る。

せっかくハマってくれたし、今日は一緒に観る流れになった。テレビで観ているのでコメントはしないが、スパチャを送りたくてうずうずしてしまう。

「ひらりんこんばんは、こんばんはっ。好きな人とデートに行くことになりました。でも私はファッションに疎く、どんな服を着て行けば彼が喜んでくれるかわかりません。ひらりんなら初デート、何を着ていきますか？　男性視聴者の方からも聞いてみたいです。とのことです！」

そういえば、加賀美と出かける日、何を着て行こうか。

お洒落《しゃれ》なんてよくわからないし、それも高水に訊いておけば良かった。

あの加賀美さくらの横に立つんだから、恥をかかせないようにしないといけない。かといってお洒落な服なんて持ってない。出かけるのは二日後で、明日《あした》は土曜で休みだから買いに行くこともできるが、そもそも何を買えばいいのかもわからない。

加賀美は、どんな服を着ている男が好きだろうか。

「私はデートの経験がないので、どんな服が喜ばれるかわかりません。でも、可愛いとは思ってほしいものですよね。お相手が好きな服がわかっていれば、その服を着ていきます。でもわかっていなければ、自分が持っている一番可愛いと思う服で行きます！　一番の私を見てほしいですから、出し惜しみ無しで！　先日の雑談配信でもお話ししたんですけど、可愛いワンピース買ったんです！　今ならそれを着ていきます！」

ひらりんのワンピース姿、きっと可愛いんだろうな。想像しようとしたが、なぜか加賀美のワンピース姿が浮かんだ。

いくら明後日《あさって》二人で出かけるからって、こんなこと考えていいわけがない。ひらりんを浮かべればいいだろ、何を考えてるんだ俺は。あいつは、加賀美はただのクラスメイトでストーカーだ、正気に戻れ。

そういえば、今日はストーキングされなかったな。ほぼ毎日背後に気配を感じるからか、最近はよく加賀美に気付けるようになってきた。

いざその気配がなくなると何か物足りなさのようなものを感じている自分にビンタをした。

「え、なに、急に」

突然自分にビンタをする兄を見てドン引きする妹。

「気にするな」

「男性視聴者の方は、初デートで女の子が着てくれたら嬉しい服はありますか？」

『全裸が一番』

『いやいや、見えそうで見えないが一番だろ、ミニスカートにノースリーブのタイトなニットに一票』

『ひらりんならなんでもいい。重要なのは誰が着るかだろ。……脚は出してください』

コメント欄はそれぞれの性癖披露大会になっていて、それを見てすみれが「キモっ……」と呟《つぶや》く。すみれ、それは一部の人からはご褒美になる。あまり変態不審者さんを喜ばせるなよ。

すみれに隠れて俺はスマホからひらりんの配信を開き、コメントを打ち始める。

もしもひらりんとデートするなら、こんな服を着てほしい。そんな妄想が膨らんで、気付いた時にはスマホを開いていた。

『ひらりんなら何を着ても可愛いけど、一番はひらりんが着たいものを着てほしい。それで気分が上がっているひらりんを見たい。でも普段和服だから、洋服のひらりんも見てみたい。それこそ清楚《せいそ》なワンピースとか、初デート向きだと思うし、好き』

打ち込んで、妄想を消化したから満足して、送る前に消そうとした。

「お兄コソコソなにやってんの」

「うわぁ!?」

すみれに覗《のぞ》かれて、咄嗟《とっさ》に画面を閉じようとした。その時に焦りのせいで操作を誤ってしまい、送信ボタンを押してしまって。

「……？　なにそんなに驚いてんの」

「い、いや別に」

恥ずかしいから削除したいが、隣にすみれがいる状態では難しい。

こんなコメントしたとすみれにバレたら俺まで「キモっ……」と言われるのは目に見えている。せっかく縮まり始めた兄妹《きょうだい》仲が、また離れてしまうのは避けたかった。

「うんうん、皆さん色々あるんですね～。じゃあ質問者さんは、このコメント欄を参考にしてください！　でも皆さん、変なことばっかり言ってるからあんまり参考にならないかな……？」

『スクミズ一択』

『メイド服とかどうかな』

『俺は制服派だなー』

「ひらりんのファンってこんなのしかいないの？」

「いや、みんな冗談半分だよ。多分」

すみれにひらりんファンの民度の低さを指摘されたので、一応言い訳をしておく。

みんなはただ、こういう変態コメントを送ることで困惑するひらりんが見たいのだろう。きっとそうだと、そう思いたい。

その後も配信を観続けたが、一時間半ほど経った頃にすみれが寝落ちしてしまう。俺の肩に頭を預けて眠ってしまったせいで動けない。起こそうとすると寝言で「お兄……」と呟いて、眠っていたら、妹属性もまあ悪くないなと思えた。

なんとか肩からすみれの頭を浮かせてソファで横にすることができた。部屋からすみれの布団を持ってきて、スヤスヤと寝息を立てて眠るすみれに被せて電気とテレビを消した。

少し前までのすみれなら、リビングで一人で寝るなんて恐いから無理だったろう。

さすがにもう中三だし、置いて行っても大丈夫なはずだ。……後で怒られないよな？

部屋に戻ってパソコンでひらりんの配信の続きを観ようとしたが、開いた頃にはちょうどエンディングトークに入っていた。

「それでは皆さん、明日の配信でお会いしましょう！　ではでは〜っ」

配信も終わったし、俺もそろそろ寝るとするか。明日の休みを挟んで、明後日には加賀美とのお出かけ。

着ていく服や行く場所、色々と考えることが多い。

高水が教えてくれた場所をネットで調べながら当日のことをイメージする。加賀美は、楽しんでくれるだろうか。

神戸 umie、神戸市でも最大級のショッピングモールで、神戸市民なら誰しもが利用したことのある場所。

あまり外出しない上に友達があまりいない俺ですら何度も来たことがある。家族での買い物や、映画を観に来たり、ここに来る理由は様々だが、それほどなんでも揃《そろ》っているということでもある。

まさかこの平凡な俺が、クラスの女子、ただの女子ではない、あの加賀美さくらと来ることになるとは思ってもみなかった。

結局昨日は母さんとすみれに連れられて俺の服を買いに行くことになったのだが、俺が選んだ服は悉《ことごと》く却下されて、今俺が着ているのは全てすみれと母さんのセレクトになっている。まあ、全部母さんが買ってくれたからいいけど……。

六月になって湿度の高い今、あまり着こみ過ぎて汗をかきすぎるとキモいし引かれる、というすみれの意見を取り入れて、夏生地で薄めのジャケットに、中はシンプルな白のティーシャツ。中の、と言うとすみれは毎回「インナーね」と訂正を入れてきたが、どっちでもいいだろ。ちなみに上着のことはアウターと言わないといけないらしい。どうでもいいだろ。

そしてズボンは黒でこれまたシンプルなスラックス。イマドキは細いスキニーよりもシルエットが緩やかなものが好まれる傾向にあるらしい。これもズボンと言うと「パンツね」と訂正を入れられた。下着のパンツと被るしズボンでいいだろ。下着の方とはイントネーションの違いで聞き分けろと言われたが、文面だったらどうするつもりなのか。

すみれと母さんは楽しそうに俺の服を選んで、二人してジレとかチノパンとかセットアップとかよくわからない言葉を連呼していた。俺はその後ろで常に両腕を広げて、マネキンと化していたのだが、そのせいで両腕が筋肉痛になっている。

もうあの二人と買い物に行くのは避けた方がいいな。すみれとはアニマートに行く約束をしてしまったが、アニマートなら話は別だ。俺のフィールドだからバフがかかっていつもの三倍は動けるようになる。

俺のこういう言葉も、あの二人からすればよくわからない言葉なんだろうな。

時刻は十二時前、umie　一階のセンターストリートにある大きなカラクリモニュメント、と言えばいいのだろうか、まあデカいピダコラスイッチだ。その近くにあるベンチに腰掛けて加賀美が来るのを待っていた。

ここ umie はサウスモールとノースモール、二つのモールがセンターストリート、今俺がいる大きな通路を挟んで建っている。サウスモール二階から連絡通路を通れば、モザイクという建物もある。モザイクは飲食店が多めで、ゲームセンターや雑貨屋などもある。

今日俺たちが目的としているのはまず一つにサウスモール五階と六階にある映画館。今流行《はや》りのアニメ映画を観に行くことにした。

有名な監督の作品で、まるで現実世界を見ているかのようなリアルな作画と予想を覆す鳥肌必至の伏線回収、クラスでも数人がその映画の話をしていて、かなり流行っているしハズレはないと踏んだ。

もちろん加賀美にも提案した上で決めたことだが、これで本当に良かったのかと不安は残る。映画の出来に不安を感じているわけではなく、俺の選択が本当に加賀美を楽しませることができるかどうか、ということだ。

「並木《なみき》くん、お待たせしましたっ」

クソデカピダゴラスイッチを見上げていた視線を声のする方向へ移すと、いつもとは雰囲気が違う加賀美が微笑みながら俺を見ていた。

「か、加賀美、なんか、いつもと違うな」

「そうですね、今日はメイクをしましたっ」

メイクもそうだろうが、私服というだけでも印象は大きく変わる。

制服じゃない加賀美を見ると、余計に今日が二人だけなのだと意識してしまって。

「並木くん、大丈夫ですか？　なんだか赤いですけど……」

「うん、ちょっと暑いだけ……」

くびれのある形の綺麗《きれい》な桜色ワンピース、膝《ひざ》の辺りから裾《すそ》が広がっているから人魚のように見える。白い襟と、黒くて細い胸元のリボン。白い踝《くるぶし》までの長さの靴下が、茶色いローファーから頭を出している。

その可愛らしい雰囲気に呑《の》まれて見惚《みと》れていた俺を、不思議そうに加賀美は首を傾げて見ている。その仕草一つで、理性を壊されそうになった。

「行こうか」

「はいっ♡」

昼食の店をどこにするか、お互いに話し合ったわけでもないのに自然とモザイクの方へ歩いていく。神戸市民同士、メシはモザイクとわかっているのだ。もちろんノースモールにはフードコートがあるし、サウスモールにもいくつかカフェなどがある。でも目的の店がないなら、モザイクで探した方が種類は多い。

「加賀美、今日はいつもと雰囲気違うな」

「ふふっ、さっきも言ってましたよ。私服だからでしょうか？　並木くんは新しい服ですね、今日のためにお洒落《しやれ》してくれたんですか？」

「いや別に……、母さんと妹がな……。ってなんで新しい服って知ってんだよ」

「並木くんの私服を私が知らない方がおかしいですよ♡」

「もういいや……」

改めてヤバい奴だ。知ってても知らないフリをしておけばいいものを。

「並木くん、私に何か言うことはありませんか？　思ってることを言ってくれればいいだけですよ♡」

「なんだよ、別にないよ」

思ってることなんて、腹減ったくらいのもので、別に今日の加賀美がいつもより可愛いだなんて、思っていない。

「もう、照れないで言ってほしいですぅ……。せっかく今日のために可愛くしてきたのに……」

頬を膨らませて拗《す》ねる加賀美。拗ねる仕草一つで、周囲の男性の視線を集めている。同時に横を歩く俺を見て誰もが疑問を持ったような表情だ。そりゃそうだ、俺もなんでこうなってるのかよくわからん。

「何食べたい？」

「うーん、並木くんは映画の時ポップコーン食べる派ですか？」

「食べるけど、腹の減り具合にもよるな。映画を観ながらポップコーンとコーラでキメるのが気持ちいいから、敢えてお昼を少なめにしたりもする」

「じゃあスイーツにしませんか？　甘い物の後に塩味のポップコーン、最高じゃないですか？」

加賀美もポップコーン食べるんだ、なんか意外。

「いつから俺が塩派だと錯覚していた？」

「いいえ、並木くんは塩派です。これは持論ですが、お家の卵焼きがしょっぱい味付けの人は塩派、甘い味付けの人はキャラメル派になるんです」

「すごい、偏見なのになんかしっくりくる……。たしかに俺は塩派だし、下品だけど指に付いた塩までしっかり味わうタイプだ」

「じゃあ私の指に塩付けるのでしーっかり、味わってくださいね♡」

「んなことできるかっ！」

「あ、ここなんてどうですか？」

ボケなのか本気なのかよくわからないことを言って、俺のツッコミをスルーした加賀美が指したのは観音屋というカフェだった。

看板にはチーズケーキの写真が載っているのだが、それが俺の知っているチーズケーキとは少し違っていた。

「見てください！　焼くチーズケーキ、らしいですよ！」

「へー、焼くんだ、珍しい。いいじゃん、ここにしようか」

「はいっ、楽しみです♡」

店内は落ち着いた雰囲気で、座席の背もたれが高いおかげでまるで個室のような感覚を味わえる。

メニューを見て、高校生には少し背伸びだったかもしれないと後悔しそうになったが、いざテーブルにチーズケーキが届くと、そのビジュアルと香りで後悔は吹き飛んだ。

見たことない形のチーズケーキだった。チーズケーキといえば俺の中では冷たいものが主流だったし、炙《あぶ》ることはあっても焼くことはないものだとばかり思っていたから。

円形で高さは四センチほどのコースターみたいな形をしている。焼いているからチーズが蕩《とろ》けて、それが食欲をそそる。

「美味《おい》しそうですね♡」

「だな。こんなの初めてだ」

「並木くんの初めて、いただきましたっ♡」

なんかエロく聞こえるからやめてもらえますか？

「んっ、思ったよりしょっぱい味なんですね」

「看板に書いてたけど、デンマークチーズってのが使われているらしい。それがよく食べるチーズケーキとの違いなのかな」

「しょっぱいものの後は甘い物が欲しくなるものですけど、ポップコーンはキャラメルに変更しますか？」

「いや、絶対塩だ！」

二人して笑う。さっきの会話、二人しか笑えないやりとり。ずっとこう呼ぶのを避けていた。こう呼んでしまえば、何か認めてはいけないものを認めるような気がしたから。でもこれは正しく、デートというやつだ。

今チーズケーキを食べながら笑い合ったこの時、認めないようにしていたのに、そう思ってしまった。

「並木くんは、カフェにはあまり行かないですか？　さっきから落ち着かない様子なので、お店選びを間違えたのかと……」

「行かないけど、間違えてはないよ。ただちょっと、緊張しちゃって。こういうお洒落な店慣れてないからさ。でも加賀美が選んでくれなかったら多分来なかった。良い店を知れたよ、ありがとう」

加賀美は驚いた表情で、同時に照れたように頬を赤くする。

俺が素直に感謝を伝えることが珍しかったのだろう。自覚はある。

特に加賀美に対して、感謝を伝えてしまうことが照れ臭かった。普段はストーカーとして接している分、少し口調が荒くなってしまうことが多い。そんな相手に優しい口調で話すことにむず痒《がゆ》い気持ちがあった。でも、ちゃんと伝えないといけない。加賀美には、感謝したい事が多すぎる。

「並木くんが喜んでくれて私も嬉《うれ》しいです……♡　実はこの店、昨日さっちゃんと来たんです。umie に行くことになってから、さっちゃんにお願いしてついてきてもらったんです。せっかくの並木くんとのデートで、失敗したくなかったので……」

「そうなんだ……。うん、成功だよ。今凄《すご》く……、楽しい」

「ふふっ、良かったですっ♡」

デートという言葉を否定しなかった自分に、少し驚いた。なぜ否定しなかったのか、それはきっと俺の中にも同じ気持ちがあったからだ。

これをデートと呼ぶのは照れ臭いが、心の底ではそう思っているから。

「食べ終わりましたし、行きましょうか」

「だな。映画始まるまであと十五分だし、ちょうどいいくらいだろ」

デートなのだとしたら、こういう時お会計は俺が払うのが普通なんだろう。でも加賀美は俺がジャケットを羽織っているうちにレジまで行き、電子マネーで先に払ってしまっていた。

「いくらだった？　出すよ」

「いいえ、今日は私のわがままで来てもらってますから」

「でも……」

「じゃあ代わりに一つお願いなんですけど……」

加賀美は右手を差し出して、見たことないくらいに真っ赤な顔になる。

「今日は日曜日で人も多いですし、私、幼い頃よくここで迷子になっていたんです。なので離れ離れにならないように、摑《つか》まえていてくれませんか？」

一つ一つの言葉のチョイスに、いちいちドキドキしてしまう。耳まで紅潮しながら、震える右手を差し出す加賀美は、きっと勇気を振り絞って言っている。それを無下にするのは、日頃の感謝を伝えたい俺としては間違った行動だろう。

「……わかった。しっかり、握ってる」

加賀美の手は小さくて柔らかくて、温かい。左手だけがやけに熱くなっている気がする。

いや、手だけじゃないな。顔も熱いし、頭もボーっとする。

ひらりんへの罪悪感と、加賀美の右手を摑んで、映画館に向かった。

エレベーターの中では俺たちの他に小さな子供を連れた三人家族と、俺たちと同じ年頃の男女がいて、横目で俺たちを見たその男女の男の方が、俺たちの繫《つな》がった手を見て、自分も勇気を出したのか、隣にいる子の手を握るのが見えた。

加賀美は気付いているだろうか、話題に出すと、今の状況を冷静になって見てしまうだろうし、恥ずかしくて言えない。

気付いているのなら、加賀美はどう感じているんだろう。恥じらいを共感しているのかもしれない。同じ境遇に立っていることで、あの男の子に頑張れとエールを送っているのかもしれない。握られた側はどう思っているのだろう。頰が赤くなっているし、少し嬉しそうに見える。きっと嫌ではないはずだ。だとしたら俺も、嫌じゃない、そう思っているのだろうか。

「塩味のポップコーンください」

「サイズはどうされますか？」
S、M、L、三つのサイズがあって、Sを一人一つ注文するとなると少し多い気がする。

Sより少し大きいMを二人で分けるくらいがちょうどいい気がするが……。

「並木くん、二人でMサイズを分けませんか？　Sサイズを一人で、となると食べきれないし、分けるならMサイズくらいがちょうどいい気がします」

「そうしよう。Mサイズでお願いします。あとコーラ一つと……、加賀美は？」

「ではオレンジジュースをお願いします」

「かしこまりました」

お会計の時に一度離れた手は、ポップコーンとジュースで手が塞《ふさ》がっているためそのまま繋ぎなおすことにはならなかったが、そのことに安心している自分と、残念に思う自分がいることに気付く。

何を考えている、俺はひらりん一筋、中学の頃からそうだろう。

「映画、楽しみですねっ」

席に着いた加賀美は嬉しそうに言って、微笑む。そんな加賀美に、ひらりんとの間で葛《かっ》藤《とう》している自分がいるのを申し訳なく思った。

映画が始まって、俺の膝《ひざ》に置いたポップコーンを二人で摘まみながら少しずつ食べ進めていく。時々ポップコーンを取ろうとする手が触れて、その度に映画の内容が飛びそうになるのを堪える。でも映画の出来が良くて、最後まで没入して観ることができた。エンドロールが流れている間ふと加賀美の方を見ると、頬に涙が伝っていた。加賀美の泣いているところなんて初めて見る。加賀美は生まれた瞬間以外泣かないし、お菓子なんて食べないし、照れることも怒ることもない、どこかでそう思っていた。

普段から何をやってもできてしまうから、感情をコントロールするのも簡単だとばかり。

違うんだ、加賀美だって怒るし、泣くし、笑う。

どこにでもいる、普通の女の子なんだ。

こうやって加賀美といると、知らない一面がどんどん出てくる。

俺は噂に流されて、勝手に加賀美の人物像をイメージだけで決めつけていた。

それは何も知らないのにオタク趣味を否定した島田と、同じことだ。もっと、加賀美を知らなきゃいけない。もっと、知りたい。

エンドロールが流れ終わる頃には、加賀美の涙はハンカチで拭《ぬぐ》われていた。

「面白かったですねっ。古山監督の作品は全部観たんですけど、今回が一番好きかもしれません！」

「俺もそう思った！　前回がめっちゃ良かったから、それを超えてはこないと思ってたのに、ちゃんと超えてきたよな」

「ですねっ。また次も必ず映画館で観たいですっ」

古山正作品は一本の映画が大ヒットしてから、多くのファンが付いて今回の作品もかなり期待されていた。ちゃんとその期待を超える出来だったと、映画素人《しろうと》の俺でもわかる。

俺たちと同じ歳頃の高校生男女の、ＳＦ要素のあるラブストーリー。

離れ離れになった二人がようやく再会して、手を繋ぐシーンではさっきのことを思い出して照れてしまったが、加賀美はそのことには触れてこない。同じ気持ちになっていたんだろうか。

「すみません、お手洗いに行きたいんですが、少し待っていてもらえますか？」

「うん、構わないよ。ここで待ってる」

「はいっ、すぐ戻りますっ」

トイレの方へ駆け足で向かう加賀美を見送って、この後はどうするんだろうと考える。

夕食にしてもまだ早いし、なによりポップコーンとコーラで腹はそこそこ満たされている。かといって他に行くところも思いつかないし、umie 内でウィンドウショッピングでもして腹を空かせてから夕食にするべきか、それでも腹が空く気配は今のところない。

——初デートってのは敢えて早めに帰るべきだ。もう少し一緒に居たかったと思わせたいからな。初めてなのに長時間一緒に居たら誰だって疲れる。疲れさせたら最後にはしんどい思い出で終わっちゃうだろ？　思い出っていうのは最後が一番色濃く残るんだ。だから、早めに帰ることをお勧めするぜ。

高水のアドバイスを思い出した。高水のアドバイスでは相手とどういう関係になりたいかで、行く場所も取る行動も変わると言っていた。

今思えば、狙ったわけではないが俺は高水のアドバイス、相手と付き合いたいと思っているなら、のパターンを参照していた。

会話がつまらないと思われないように、映画デートにしてしまえば会話をしなくて済む。ただし会話の思い出も残しづらいから、印象は薄くなるかもしれない。だから映画が終わってからは映画という共通の話題で話せばいい。自信満々に言っていた高水は、相談したことが友達ではなく俺の悩みだと気付いていたのだろう。それでも言わないのは、茶化すと俺がムキになって行かないという選択をするかもしれないと、考えたのかもしれない。

普段はおちゃらけているのに、実は周囲への配慮を欠かさない奴だと、俺はもう知っている。

そろそろ加賀美が戻ってくる頃かと思い、女子トイレの方に目を向けると、知った顔がいた。いや、人違いだと思いたい。

せっかく色んなことで前向きになってきた今、アイツには会いたくない。暗い後ろ向きな過去を思い出してしまうから。でもやっぱりそうだ。どんどん近づいてきて、はっきり顔が見えて、間違いなくその人だと確信する。

島田加奈《かな》？　違うといいな、島田だな。……つい一句読んでしまった。

「並木じゃん、最近めっちゃ会うね」

「おう……」

「こんなところでなにしてんの？」

「いやここ映画館だし、映画だけど……」

少し太々しさが出てしまう。どうしても、島田のことは「敵」だという意識があるんだろう。気付けば眉間《みけん》に力が入っているのが自分でもわかる。

早くこの場を離れたい。でも加賀美を待たなくちゃいけない。早く、早く帰ってきてくれ、加賀美。

「加奈――、誰そいつ」

俺の期待は、知らない金髪の男の声で踏みにじられる。

声のした方向に目を向けると、知らない人たちが三人。島田の友達らしきその三人の内一人は島田と同系統の女子で、島田よりかはもう少しギャルっぽさが強い。そのギャルが腕を組んでいる男は、彼女の恋人らしき糸目の男。

「オナチュー。てかこの前ぼなペティーで会ったじゃん」

そうだ、思い出した。あの時八重《やえ》と逃げ出した時、島田の後ろにいた三人だ。

「うわ、並木まだオタクやってんの？　キモっ、笑うんだけど」

俺のスマホケース裏に入れていたひらりんのシールを見て、島田が嘲笑《ちょうしょう》する。

これはこの前、加賀美たちに協力してもらって手に入れたひらりんのシール。それを嗤《わら》われたのが癪《しゃく》だった。でも、反撃の言葉を吐き出す勇気もなく、固まってしまう。

またた、またあの時のような状況になってしまった。過去のトラウマが蘇《よみがえ》って、気付いた時には脚が震えて、声が出なくなっていて。

「え、加奈が告られたって言ってた奴じゃん？　身の程知らずすぎんだろ、はははっ」

金髪の男が嗤い、それに続くように他の二人も嗤いだす。嗤う声が脳に響いて、意識が遠くなるような感覚に陥っていく。

俺はあの頃から何も変わっていない。好きな物を好きだと言って、何も悪いことなんてない。わかっているはずだ。島田の言うことも、他の奴らのバカにする声も、全部無視してしまえばいいだろう。

どうしてそうしない。どうしてそうできない。

「アンタみたいなオタクに告られたとか恥なんだけどー」

周囲に聞こえるように言う島田は、本当は恥だなんて思っていない。本当に思っていたら周囲に聞こえるような声で話さない。実際のところは、モテる自慢をしたいだけで、醜い承認欲求を満たそうとしているだけ。

「悪いな、加奈は俺と付き合ってるから諦《あきら》めてくれや。はははははっ」

「――それはおかしいですね」

金髪の背後から投げかけられたその美しい声に、その場にいた誰もが振り返る。

「なんだおまっ……」

振り返りながらその声の主に怒号を浴びせようとした金髪だったが、そこにいた人物に心を奪われたように固まってしまう。まるで女神でも見たかのように、目を輝かせて、見《み》惚《と》れて。

「だってあなたの彼女さん、昨日三宮で違う男性と腕を組んで歩いてましたよ？　四十代くらいの男性に見えましたね。それに、金曜日にはそちらの糸目の男性と二人で歩いているのも見ましたし……。並木くんの知り合いだと聞いていましたし、先日ぼなペティーで見て憶えていたので、見間違えたということはないんですが……」

俺と目を合わせて微笑んだ加賀美は、いつからそこにいたのか、見たこともないくらいに怒っているのがわかる。

笑顔ではあるが、その笑顔には陰がある。絶対に許さないという、強い意志を感じる。

「どういうことだよ加奈」

「はっ、は？　そんなわけないじゃん。てか誰よこの女、アンタが何知ってるっていうの⁉」

加賀美が言っていることが事実なら、かなりややこしいことになっている。

島田と金髪、糸目とギャルがカップルなのに、島田と糸目が二人で一緒に居た、そして島田は四十代男性と腕を組んで歩いていた。……パパ活だろうか。

ギャルからしたら彼氏を友達の島田に取られているし、糸目は彼女の友達と浮気《うわき》、島田はパパ活疑惑に友達の彼氏を取っていて、ああ、ややこしい。というか加賀美はぼなペティーで島田たちのことを見ていないはずだけど、カマかけたにしては内容がはっきりしすぎている。八重から島田たちのことを聞いて、情報を集めたのだろうか。だとしたら恐ろしい。

「加奈、お前パパ活してんのかよ！」

「茜《あかね》もしてるし！」

さらっと怒りの矛先を変えるために友達を売った島田。

それが更に状況を混沌《こんとん》に落としていって、誰が誰に怒ったらいいのかすらもよくわかっていない状況になってくる。

唯一まともなのは島田の彼氏の金髪だけだ。俺はさっきまでの震えは止まって、いつの間にか金髪に同情してしまっている。

「もういいや、一番モテてたから付き合ってあげたけど、明人エッチ下手だし」

明人っていうのか、この金髪。いらんことまで言われて、可哀想に。

「じゃあねー、私帰る。ほんっと冷めるわー」

島田が去っていく後ろに茜と呼ばれていたギャルもついていく。よく暴露されたのにまだ一緒にいようと思えるな。

「俺も帰るわ」

糸目は金髪にそう言い残して去っていく。金髪と糸目も気まずいだろうな。一人その場で立ち尽くす金髪は、崩れ落ちそうになるのを堪えているように見える。彼女には浮気されていたし、その浮気相手は見知らぬおじさんと友達。考えただけで恐ろしい。

「加賀美、今の全部本当なの？」

加賀美が一昨日俺のことをストーキングしてこなかったことを考えると、八重から島田との出来事を聞いて、島田辺りの情報をお得意のストーキングで収集していたと考えるのが自然だ。じゃなきゃあんなに正確に弱みは握れない。

「いいえ、カマをかけただけですよ」

嘘つけコイツ。

「あの、すみません。加賀美が余計なこと言ったせいで……」

加賀美も俺を護るためにしてくれたのはわかっているが、この金髪だけはさすがにちょっと可哀想だ。他の三人は自業自得だけど、この金髪がしたのはちょっと俺をバカにしただけで、浮気も援助交際もしていない。

「いや、いいんだ。本当は気付いてたんだ。確信はなかったけど、加奈は俺のことをアクセサリーみたいに思ってんじゃねぇかな。喧嘩《けんか》強ぇし、まあ、かっこいいし？」

凄《すご》いなこいつ、この状況でも結構前向きじゃん。

「それより、バカにして悪かったな」

「俺は平気だけど……」

「加奈ってさ、オタク趣味をバカにしてるだろ」

島田は他人を辱める発言で相対的に自分の価値を上げようとしている節がある。オタクなんてちょうどいいネタなんだろう。

「だから誰にも言えなかったんだけど実は俺も、Vtuber 観るんだよ」

その大きな身体でそんなに勢いよく頭を下げられると迫力が凄いし目立つからやめてほしい。でも、それよりも気になるのは。

「誰推し⁉」

「ふらわーらいぶの夏風ヒマワリって子なんだけど……」

出た、シークレットめっちゃ出るヒマちゃん。

「あいつら、オタクだってバカにするタイプだろ。だから誰にも言えなくてさ。お前のことも、あいつらと一緒になってバカにしてた。本当に悪かったよ」

金髪は深く頭を下げて、謝罪してくれる。なんだ、良い奴じゃん。

深く知らないのに、島田と一緒にいるから勝手に「敵」だと思っていた。

何も知らないのに人の趣味を否定することと何も変わらないじゃないか。ちゃんと見ないといけない、ちゃんと知らないといけない。

誰に対しても……、加賀美にだって。

「明人くん……？　でいいかな？」

「おう、明人だコラ」

なんで語尾に威嚇入れるの、そういう癖？　怖いよ。

「これ、よかったらあげるよ」

「これは……⁉」

偶然財布に入れっぱなしだった夏風ヒマワリのシークレット版シール。

同じのを何枚も持っているし、俺よりも推している明人くんに貰《もら》ってもらった方がヒマちゃんも嬉《うれ》しいだろう。

「いいのか!?」

「もちろん、何枚も持ってるから」

「でもこれ、お菓子大量に買わなきゃだろ……？　よくそんなに買ったな」

「俺の趣味に、付き合ってくれる友達がいるんだ。みんなで一緒に食べたから、なんとかなった」

「いいな、そういう友達」

「友達じゃなくて……、愛を誓い合った仲です♡」

「加賀美ちょっと黙っててもらえる？」

「しゅん……」

今なんかイイ感じのところなんだよ。しゅんってなんだよ可愛いなチクショウ。……気を取り直して。

「好きなことを好きだって言って離れていくような人なら、友達でいる必要はない。俺の推しが言っていたことなんだけど。本当にその通りだって、思うよ。俺は推しのそういう自分の信念を貫いて生きられるところも大好きなんだ」

「……あわわっ」

なんで赤くなってんだよこのストーカー。今の大好きはひらりんに言ったんだよ。

「でも俺にはそんな友達は……」

「俺でよかったら、一緒にVの話しようよ。俺もVの話できる友達、欲しいからさ」

「並森……！」

木が二本多いよ。

金髪、もとい春日明人くんという島田の元彼と連絡先を交換したら、またVの話をする約束をして別れた。

「加賀美、結局あの情報は本当だったのか？」

「本当です。でもやりすぎてしまったかもしれません。春日くんには申し訳ないことをしました……」

「まあ、明人くんも早めに気付けて結果的には良かったのかもしれないけどさ」

モザイクの端っこ、海辺にあるベンチに座っている俺たちは、夕焼けでオレンジ色になっている海を眺めている。

映画が終わって、夕食を食べるにはまだ早いが、帰るには少し惜しい。そんな気がした。

それは俺だけじゃなかったらしく、加賀美の方から「もう少し、お話ししませんか？」

という提案があった。

意外だったのは、俺がまだ帰るには惜しいと感じていたことだ。

少し前までの俺なら、そもそも今日ここに来ることすらなかっただろう。

「加賀美」

「……？」

俺はずっと、中学のあの時から、三次元から逃げていた。現実から逃げて、二次元に夢中になることで、自分は一人じゃない、自分は人生を楽しめている。そう言い聞かせてあの時失いかけた自尊心をどうにか保っていたんだろう。

もちろん二次元は既に俺の生活にはなくてはならないものになっている。ひらりんのいない人生なんて考えられないし、今でもひらりんと結婚したいという野望は消えていない。

でも、それでも……、三次元を端から否定して遠ざけてしまうのは、俺が最も嫌うことと同じだ。

だから――、

「ちゃんと、見ていく。三次元だからとか、ひらりんじゃないからとか、考えることを放棄するのはやめる。加賀美の気持ちは伝わってるし嬉しい。こんなに光栄なことはない。これからは、加賀美のこともちゃんと、見ていくよ」

「並木くん……」

俺も変わったな。ここまで変わったのは、加賀美と出会ったからだろうな。

あの時、背後の気配に振り返って、後ろに加賀美がいた時から始まったんだ。

「いつか、推しさんへの愛も超えて、並木くんに好きになってもらえるように、頑張りますね♡」

「それはないな、俺の中でひらりんが一番だから！」

照れ隠しに言った言葉だったが、ひらりんが一番と言われて落ち込むかもしれない。哀しませたかな、失言だったかなと思ったが、案外加賀美は嬉しそうに笑って。

「ふふっ、今に見ててくださいっ」

その笑顔に顔が熱くなった気がしたが、夕焼けのおかげでこの熱は加賀美には伝わらなさそうだ。

# 妹とラブコメになるのはフィクションだけだし、俺の推しは一生ひらりんだけ。

加賀美《かがみ》とのデートが無事に終わった。

加賀美を楽しませることはできただろうか。

不安になっているということは、俺の中でひらりんと競える程度には加賀美の存在が大きくなったということなのか。

「お兄、遅かったじゃん」

「すみれ……？　なんだよ、お出迎えなんて珍しい」

玄関の扉を開くと、目の前に仁王立ちのすみれがいた。

珍しいは珍しいのだが、先日もひらりんのグッズをあげる約束をしていた日にはこうして仁王立ちで待っていたな。

「お兄に、話があるんだけど」

少し言い辛いことなのか、目を逸らして組んでいた腕も解けていく。

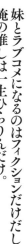

まさか、俺の部屋でひらりんの限定フィギュアを見ている時に壊してしまった、とかじゃないだろうな。

「なにやらかしたんだ」

「なにもやってないし！　というか、これからする……、しようかな……って」

さっきから言葉を濁して、くねくねと落ち着かない様子のすみれ。なんだ、うんこでも漏れそうなのか。

「お兄って、パソコンとか詳しいよね？」

「……？　まあ、パソコンはオタクのメインウェポンだからな」

「他にも、機械系強いよね？」

「……？　まあ、男の子だからな。機械と武器のことならオタクで少年の俺に任せ――」

「じゃあさ……」

すみれは俺の言葉を遮って、背後を一度振り返り誰も聞いていないのを確認した。そして、俺にだけ聞こえるように耳元で囁《ささや》く。

「私のアシスタントになってくれない？」

「アシスタント、と言いますと？」

かけていないメガネをくいっとあげる。

「私、ムカつくけどお兄と同じ血が流れてるわけじゃん？」

義理ならラブコメになっていたかもしれないが、残念なことに俺に義妹は存在しない。いるのは生意気で全然可愛くない妹だけだ。

客観的に見れば顔だけは可愛いとは思うが、どうしても血の繋《つな》がりがあるせいか「生意気な妹」以上の評価にはならない。

一番ムカつくのは俺と同じ血が流れているくせに運動はできるし学校では結構モテているらしいし友達も多いことだ。

どこで差ができてしまったんだろう。

「だからかな、私もひらりんにハマりすぎちゃって……」

「俺と同じ血が流れていなくても誰だってひらりんを知れば大好きになるのは当たり前のことだが、俺の妹ってことはただ大好きになるだけじゃなくトップオタになる素質すら持ち合わせているということも忘れるな」

「それで、ひらりんともっとお近づきになりたいわけなんだけど……」

俺の声聞こえてますか。スルーするのやめてもらっていいですか。

すみれはそこでまたモジモジし始めて、「その……」とか「えっと……」しか言わなくなる。だからうんこしたいなら早くトイレに行けばいいのに。

「お兄が協力してくれるなら、する。してくれないなら、しない、というかできない」

「話が見えないぞ」

「――私、ふらわーらいぶ四期生オーディションに応募したい」


「……………………は？」

「だから、協力して。配信のこととか、よくわかんないし……」

思いつきで言ったわけではない。それは十五年すみれの兄をやっていた俺にはわかる。この目は、間違いなく本気だ。でも、だからこそ、現実を知る必要があるし、家族として、兄として、それがどれだけ無謀なことなのかを教えてやらなきゃならない。

「元々配信活動をしていたわけでもないし、人と違う凄《すご》い特技があるわけでもないし、インターネットのことにも疎い。かなり難しいと思うぞ」

「わかってる。応募要項は何度も確認したから。それでも、やりたいの。周りに合わせるんじゃなくて、誰に止められても絶対にやりたいって思えることなんて、初めてだった。だから……」

「そうは言ってもだな……、――はっ！」

この時、俺はあの有名な発明家、トーマス・エジソンの名言を思い出した。

──天才とは、一％のひらめきと九十九％の努力である。

その一％のひらめきが、たった今降ってきた。そして九十九％の努力は、これからの話。

つまり俺は天才だ。

もしもすみれがふらわーらいぶに所属すれば、ひらりんとすみれが繋がることになる。

ということはすみれとオフコラボなんてしちゃった日にはこの家に来ることだってあり得るわけだ。

そして母さんはこれまでにすみれの友達が来た時と同様、きっとお菓子を用意する。

それを俺が持っていけば、「お兄さんも一緒にどうですか♡」なんて言われちゃったりして……！

もしかすればだった俺の野望が現実味を帯びてくる。心の底では絶対にないと諦《あきら》め半分だった夢が、手の届くところに来ているんだ。

このチャンス、絶対に摑《つか》んでみせる。

「よしっ、やろう。俺がすみれを立派なオタクにしてやる！」

「私がなりたいのはVtuberで、オタクじゃないから。キモっ」

「今のキモっはなに!?　絶対要らないよね!?」

「お兄が決め顔で変なこと言うからだし」

待っていてくれひらりん、妹の脛《すね》を齧《かじ》って会いに行くからね。

# あとがき

本書をお読みいただき、ありがとうございます。ナナシまるです。

今作を書き始めるにあたって、私にはどうしても学ばなければならないことがありました。Vtuberについてです。

Vtuberものを書くと決めたはいいが、私は全くと言っていいほど Vtuberを知りませんでした。友人知人にオススメされた方のチャンネルを観に開いたところまでは良かったのですが、どうしても一時間以上ある配信アーカイブを観る気にはなれなくて、十分ほどの動画や歌ってみた動画だけ観てその Vtuberについて知った気になって。

ですがこうして Vtuberものを書くことになり、さすがに観ないとなぁと人気のホロライブさんから、ビジュアルで一目惚《ひとめぼ》れした轟《とどろき》はじめさんが八番出口というゲームを実況する配信アーカイブを視聴しました。

皆さん轟はじめさんはご存知でしょうか?

これを機に Vtuberに興味を持った方も、まだ魅力がよくわかっていない方も、是非観てほしいのです。まだまだ Vtuberを観始めて間もない私ですが、皆さんにオススメしたい動画があります。

轟はじめさんの「轟はじめの謎語録クイズ」という動画です。

彼女は独特な滑舌をしていまして、配信のコメント欄でもよく「なんて？」というコメントがあります。

配信を観ていたらよく何を言っているのか聞き取れない部分があるのが彼女の面白いところなんですが、それをまさかの本人がまとめた動画を投稿していて、ファンが作った切り抜き動画かなと思って観ていた私も、後で本人が投稿しているものだと気付いて笑いました。

詳しくは動画を観てもらえばわかるのですが、Vtuber についてよく知らない方でも楽しめる内容になっているはずです。私がそうでした。

前述したように、彼女は滑舌が独特なのですが、そこから生まれる歌声とのギャップが凄《すご》いんです。

これも実際に聴いていただかないとわからないのですが、普段の滑舌では歌なんか歌えるのかと心配になるくらいなのに、いざ歌い始めれば別人にも感じられるはっきりした発音と透き通った歌声で心を摑《つか》まれました。

ショート動画では踊ってみた動画なんかも投稿していて、それがもうキレッキレで観ていて飽きないんですよね。美しい。すきゃ。

さてさて、私も平太《へいた》のように好きなことに関してはマシンガントークをかましてしまうタイプなので、そろそろ自重しないとただ推しVの宣伝をするあとがきになってしまいます。なのでここからはメインキャラの名前の由来について話していきたいと思います。

まずは並木平太《なみきへいた》。彼は文字通り何をやっても並みで平凡であることを表現したいと考え、この名前にしました。

並みで平凡なのに学校一の美少女にストーキングされるという、普通ならあり得ない、男なら美味《おい》しい展開にしたかった。

続きまして加賀美《かがみ》さくら。私は最近ピンク髪ヒロインという属性にハマっておりまして、自分の理想のヒロインは絶対ピンク髪だから、名前もそのビジュアルに合う方がいい、そう考えて「さくら」と名付けました。自分に女の子の子供ができたら、付けたいと考えている名前でもあります。ひらがなであることにもこだわりの理由があります。その理由は……、なんか文字にした時可愛いから！

実は「加賀美」にも理由があります。現実の姿のさくらと、Vの姿になったさくら（ひらり）。同一人物でありながら、別人でもある。見た目は違っても、心は一つ。まるで鏡に映ったもう一人の自分のように。そうです、ダジャレです。加賀美と、鏡。思いついた時はさすがに自分を天才だと思いましたね。

他のキャラクターたちにも名前の由来がありますが、ページ数の限界が近づいてきましたので、それはまたどこかで話させていただくことにして、今作に携わってくださった方々に謝辞を述べさせていただきます。

まずは今作から私の担当編集をしてくださることになった川崎《かわさき》様。最初は担当編集が代わることに不安を感じていました。前任のＫ様は未熟な私に色々と教えてくださったこともあり、Ｋ様無しで私は上手くやっていけるのだろうかと。ですが今では新しく担当してくださる編集の方が川崎様で良かったと感じております。熱意をもって作品作りに取り組んでいただき、川崎様のおかげで自信をもって今作が面白いと、胸を張って言えます。

イラストを担当してくださったさまてる様。

私の思い描いた理想のヒロインをはるかに超えるめちゃかわヒロインを描いてくださいました。ただ可愛いだけじゃなく、口絵イラストのドアスコープ越しのさくらにはしっかりとさくらの「ヤバさ」も感じられます。届いたイラストを見て何度もモチベーションを高めさせてもらいました。ありがとうございます。

並びに校閲様、角川スニーカー文庫編集部の皆様、各書店の担当者様、営業様、その他にも私が認知できていないところでも関わってくださっている全ての方々、なにより本書をお読みいただいた読者の方々に、心より感謝を申し上げます。

これから「おしうし」とナナシまるをよろしくお願いします。

# あなたの推《お》しV《ブイ》です。今後《いまうし》ろにいます♡

著　ナナシまる

角川スニーカー文庫　24606

2025年4月1日　初版発行

発行者　山下直久

発　行　株式会社KADOKAWA
〒102-8177 東京都千代田区富士見2-13-3
電話　0570-002-301（ナビダイヤル）

印刷所　株式会社暁印刷
製本所　本間製本株式会社



Printed in Japan　ISBN 978-4-04-116066-4　C0193

**★ご意見、ご感想をお送りください★**

〒102-8177 東京都千代田区富士見 2-13-3
株式会社KADOKAWA　角川スニーカー文庫編集部気付
「ナナシまる」先生
「さまてる」先生

# 角川文庫発刊に際して

角川源義

第二次世界大戦の敗北は、軍事力の敗北であった以上に、私たちの若い文化力の敗退であった。私たちの文化が戦争に対して如何に無力であり、単なるあだ花に過ぎなかったかを、私たちは身を以て体験し痛感した。西洋近代文化の摂取にとって、明治以後八十年の歳月は決して短かすぎたとは言えない。にもかかわらず、近代文化の伝統を確立し、自由な批判と柔軟な良識に富む文化層として自らを形成することに私たちは失敗して来た。そしてこれは、各層への文化の普及滲透を任務とする出版人の責任でもあった。

一九四五年以来、私たちは再び振出しに戻り、第一歩から踏み出すことを余儀なくされた。これは大きな不幸ではあるが、反面、これまでの混沌・未熟・歪曲の中にあった我が国の文化に秩序と確たる基礎を齎らすためには絶好の機会でもある。角川書店は、このような祖国の文化的危機にあたり、微力をも顧みず再建の礎石たるべき抱負と決意とをもって出発したが、ここに創立以来の念願を果すべく角川文庫を発刊する。これまで刊行されたあらゆる全集叢書文庫類の長所と短所とを検討し、古今東西の不朽の典籍を、良心的編集のもとに、廉価に、そして書架にふさわしい美本として、多くのひとびとに提供しようとする。しかし私たちは徒らに百科全書的な知識のジレッタントを作ることを目的とせず、あくまで祖国の文化に秩序と再建への道を示し、この文庫を角川書店の栄ある事業として、今後永久に継続発展せしめ、学芸と教養との殿堂として大成せんことを期したい。多くの読書子の愛情ある忠言と支持とによって、この希望と抱負とを完遂せしめられんことを願う。

一九四九年五月三日

転校先の清楚可憐な美少女が、
昔男子と思って一緒に遊んだ幼馴染だった件
Hibariyu
雲雀湯
illust シソ
重版続々!!
元"男友達"な幼馴染と紡ぐ、
大人気青春ラブコメディ開幕!
7年前、一番仲良しの男友達と、ずっと友達でいると約束した。高校生になって再会した親友は……まさかの学校一の清楚可憐な美少女!? なのに俺の前でだけ昔のノリだなんて……最高の「友達」ラブコメ!
作品特設サイト
公式Twitter
スニーカー文庫

月ひらり
あなたの推しVです。
今後ろにいます♥
ナナシまる
ill. さまてる

「お待たせしましたっ、並木平太くんの未来の妻ですっ♥」
「なんで家知っとんねん」

高水準《たかみじゅん》
名前の通り何をやっても高水準にできてしまうイケメン陽キャ。何でもできるが故に退屈さを感じていたが、平太が予想外なことばかりして面白いので仲良くする。
加賀美さくら《かがみさくら》
学校一の完璧美少女。平太を愛して止まず、好かれたい！　一緒にいたい！　全てを見ていたい！　と重くて巨大な愛を抱えている。趣味は平太を観察すること。

並木平太《なみきへいた》
何をやっても並で平凡な普通の男子高生。
推しVtuber 朧月ひらり にガチ恋中なのに、
さくらに溺愛されて悶々としている。
八重彩月《やえさつき》
さくらの幼馴染であり親友。ゲームやアニメ
が大好きなオタクで、Vtuber 朧月ひらり の
ファンでもある。

朧月ひらり《おぼろづきひらり》
加賀美さくらのVtuberの姿。平太がファンであることを認知しているが、逆に平太は中の人がさくらである事実を知らない。